師弟

新・剣客太平記㈡

岡本さとる

時代小説文庫

角川春樹事務所

目次

主な登場人物紹介

峡竜蔵《はざまりゅうぞう》◆直心影流の道場師範を全うしながらも、若き頃からの暴れ者の気性が残る熱き剣客。

綾《あや》◆竜蔵の亡き兄弟子の娘で、幼い頃からの道場での妹分。現在は竜蔵の妻。

鹿之助《しかのすけ》◆竜蔵と綾の子。数え三つ。

竹中庄太夫《たけなかしょうだゆう》◆筆と算盤《そろばん》を得意とする竜蔵の一番弟子であり、峡道場の執政を務める。

神森新吾《かみもりしんご》◆竜蔵の二番弟子。峡道場の師範代を務める青年剣客。

網結の半次《あみすきのはんじ》◆竜蔵の三番弟子で、目明かしならではの勘を持ち合わせている。

国分の猿三《こくぶのえんぞう》◆半次の乾分《こぶん》。

雷太《らいた》◆竜蔵の六番弟子。庄太夫の養子。

師弟

新・剣客太平記（二）

本書は、ハルキ文庫（時代小説文庫）の書き下ろしです。

第一話　筆の便り

一

竹中庄太夫《たけなかしょうだゆう》はその日の朝も文机《ふづくえ》に向かっていた。

梅雨を間近に控えて、日射《ひざ》しは厳しくなってきたが、鶏が鳴く時分は浪宅の小庭から届く風はまだ涼しく、所々に露草が青い花を咲かせている。

「うむ、よい朝だ……」

庄太夫はにこやかに独り言《ご》ちた。

一日の始まりには必ずこの言葉を発することにしている。

風流を体に感じて悦に入ると、芝横新町の裏店《うらだな》の一軒が、野趣に富んだ草庵のごとく思えてくる。

日々のありふれた暮らしも、考え方と工夫次第で輝きが増す――。

庄太夫は生きる楽しみを見出《みいだ》すことに長《た》けている。

今は、三田二丁目の直心影流《じきしんかげ》・峡竜蔵《はざまりゅうぞう》道場の執事として、なかなかに多忙な身であるが、彼は内職としてきた代書屋を相変わらず続けている。以前のように数はこなせないが、長年の愛顧にはきっちりと応《こた》えないと気が済まないのだ。

特に庄太夫は、〝まつの〟という高輪《たかなわ》の茶屋からの頼まれ事は大切に扱っていた。品書きの短冊や、障子の看板字などであるが、もう十年の間嬉々《きき》として務めているのは、やはり〝まつの〟の女将《おかみ》との間をこの仕事が繋《つな》いでくれているからであろう。

女将はお葉《よう》という後家で、庄太夫とは長く交誼《こうぎ》を続けてきた。肌色は少し浅黒いが、顔立ちがきりりとしていて、気性の明るさによく似合っている。

東海道に面した茶屋であるから、旅人からの受けもよく、処《ところ》の男達をやきもきさせた頃もあった。

そんなお葉が、書を届ける度に、

「先生のお手は、何だかお優しくてよろしゅうございますねえ……」

と、感じ入ってくれるものであるから、庄太夫も自然と身が入るというもので、お葉と会う時のわくわくとした想《おも》いは、五十二になる今も抱き続けているのだ。

十四歳下の剣の師・峡竜蔵からは、

「庄さん、もうすっかりと好《い》い仲になっているんじゃあねえのかい」

などと冷やかされているが、その辺りは定かではないのが、大人の男女のずるいところであろうか。

この二人は実にゆったりと、ほのぼのとした時を過ごしているのだ。

文机に向かって、品書きの短冊を書き終えた庄太夫は、いそいそと〝まつの〟を目指して東海道を上った。

竹中庄太夫が長く峡道場を支えてこられたのも、代書屋という内職があってこそ。

門人も増え、剣術道場師範としての体裁も実入りも充実してきた竜蔵であるが、それゆえ庄太夫の副業については一切口を挟まないでいた。

今日はまずお葉を訪ね、ゆっくりと語らった後、峡道場へ顔を出せばよかった。

今や直心影流にこの人ありと謳《うた》われる峡竜蔵の一番弟子とはいえ、

〝年寄りを労《いたわ》るつもりの稽古《けいこ》〟

に明け暮れた庄太夫である。

今もそれは続いているが、師の竜蔵は非力な蚊蜻蛉《かとんぼ》のような庄太夫に合う稽古を授けてくれたので、竹中庄太夫の腕前も五十二の歳《とし》を考えるとそれなりのものになってきた。

ここ数年は庄太夫も剣術稽古に楽しみを見出していて、その様子がお葉にはたくましく映るのであろう、庄太夫の字を誉めるだけの会話に、剣術への興味を示す問いが増えてきた。

——今日もそれに応えてやらねばならぬ。

庄太夫の足取りも軽かった。

〝まつの〟は大木戸を過ぎたところにある。

少し西へと行けば、あの赤穂《あこう》義士が眠る泉岳寺《せんがくじ》の門前だ。

店に着くと、お葉が待ち構えていて、

「先生、いつもご足労をおかけいたします……」

と、庄太夫の手による短冊を押し戴《いただ》き、彼を奥の小部屋へと通した。

さて今日はどのような語らいになるかと、庄太夫がいささか鼻の下を伸ばした時、

「先だってはありがとうございました……」

冷たい水、熱い茶、串《くし》団子を盆に載せて、女中のお常《つね》がやってきた。

かつてここに勤めていたおかちは、三年前に牛町の牛持人足に見初められて嫁ぎ、今はこのお常に替わっている。

お常はすぐ近くの裏店に住む三十過ぎの陽気な女で、彼女もお葉と同じ後家であった。

船人足と一緒になったが良人《おっと》を事故で亡くし、その後は、芝神明前の料理屋で女中をしていた。

ところが、料理屋の主《あるじ》夫婦が相次いで亡くなり、店はたたまれることになり、かねて顔見知りであったお葉の許《もと》へきたのであった。

当然、竹中庄太夫とも顔馴染《かおなじみ》で、今、お常が礼を述べたのは、先日、庄太夫が文の代筆をしてやったからである。

その宛先《あてさき》は、千住の料理屋〝丸重《まるじゅう》〟であった。

ここにはお常の無二の友である、おさよという女中がいる。

二人は芝神明の料理屋で共に勤めた仲で、おさよもまた船頭をしていた良人を早くに亡くしていたからとにかく気が合った。

子に恵まれなかったお常に対して、おさよは金太《きんた》という息子を抱えていた。

金太は住み込みで働くおさよの許、料理屋の皆からかわいがられたものだが、芝神明の料理屋の閉店によって母子は行き場を失った。

そしておさよが新たに見つけた奉公先が千住の〝丸重〟であった。ここの主は息子連れでの住み込みを許してくれたが、芝神明の時と違って、店は芸妓が出入りする色気が売りで、女中の仕事も繁雑であったから、おさよは金太を連れていくのをためらった。

それでも金太を養育していかねばならないのだ。仕事を選んでいる余裕もない。

おさよは、お常と違って物静かな女で、ほっそりとした佇《たたず》まいには哀愁が見え隠れして、どことなく男好きがする。

それゆえに、おさよを金太ごと面倒を見ようという相手がいないでもなかったが、どれもちょっとやさぐれた男か、金の力で囲い者にしようかという狡猾《こうかつ》な年寄りで、まったく気が進まなかった。

何よりも金太の行く末に好い影響が出るとは思えなかったのである。

そこで、おさよは無二の友であるお常に金太を預け、自分は〝丸重〟に住み込みで働き、仕送りをすることにした。

物静かではあるが、機転が利いて芯《しん》が強く働き者のおさよは、たちまち店の主人からの信頼を得て、客からも贔屓《ひいき》にされるようになった。

給金の他に祝儀なども多かったから、お常の許へはなかなかの仕送りをすることが出来た。

別れ住んだ折は金太も六つで、母親のいない暮らしを寂しがったが、おさよの仕送りのお蔭《かげ》で高輪では手習いにも通い、それが済んでからは〝まつの〟にきて、時に店を手伝ったり近所の子供達と遊んだりしてその寂しさを紛らした。

藪入《やぶい》りの折にはおさよも高輪に戻ってきたから、別れつつも母子はそれなりに充実した暮らしを送ってきたのである。

いずれは金太をどこかの商家の小僧として奉公させるつもりのおさよであったが、まだ九歳で何事にも頼りない息子を他人の家に放《ほう》り込むのは忍びなかった。

心も体もしっかりとしてきて、十分に読み書き算盤《そろばん》が出来るようになってから送り出してやりたいと思うのである。

そうすれば人に後れをとることもないであろうし、苛《いじ》められることもないはずだ――。

後一年も働けばゆとりも出来て、母子一緒に暮らせる日もくるであろう、その間は身を粉にして奉公に励むつもりであるから、何卒《なにとぞ》金太のことをよろしく頼みますと、毎月のようにたどたどしいかな字でお常に文を送っていたおさよであった。

それがこの三月ばかり便りが途絶えていた。

無沙汰《ぶさた》は無事の便りだというし、

「何があっても千住には訪ねてこぬように……」

と、おさよはお常に告げていたから、

「まあ、おっ母《か》さんもあれこれ忙しくしているのだろうよ……」

初めのうちはお常も金太にはそんな風に言い聞かせていた。

だが、おさよは決して筆不精ではなかったはずだし、いくら忙しくとも、かわいい息子の金太に文を認《したた》めるのに時を惜しむとは思えなかった。

仲の好い友人のことであるから、お常も心配になってきて、これをお葉に相談したところ、

「お常さんの気持ちはよくわかりますよ……」

と、お葉もまた金太をかわいがっているものだから放っておけなくなり、竹中庄太夫に相談を持ちかけたのである。

お葉に頼られ、庄太夫もすっかり張り切ってしまった。

峡竜蔵が軍師と頼る庄太夫は元より知恵者であるから、

「ここはひとつ、その〝丸重〟の主殿に文をすればよろしかろう」

と、策を授けた。

〝丸重〟の主・重右衛門《じゅうえもん》は、色気を売る料理屋などしているが、なかなかの人情家で

あるという。

それゆえ、息子の金太が日々〝丸重〟の旦那《だんな》様に感謝している、くれぐれもおさよさんのことをよろしく願います、という意をお常が文にして送れば放っておかないだろう。

きっと今のおさよの様子を文に認めて、送り返してくれるに違いない。

庄太夫はそんな風に考えたのである。

しかし、この重右衛門は浪人の子に生まれた武士の出だというから、読み書きにはまったく疎いお常が重右衛門宛に文を認めるなど気が引けた。

それで庄太夫が代書を引き受けて〝丸重〟に届くようにしてやったというわけだ。

そしてお常が言うには、

「さっそく、〝丸重〟の旦那様から文が返って参りました……」

そうである。

ところが、その重右衛門の書は、庄太夫の文に負けじと認めたせいか、達筆過ぎて何と書いてあるかよくわからない。

お常はお葉に読んでもらおうとしたのだが、お葉もお常と同じ程度の学しかなく、ちょうど今日は庄太夫が来る日であったので、読んでもらおうと首を長くしていたというわけだ。

「うむ、もう返事がきたか……」

庄太夫は知恵を貸したことの結果に満足して、

「どれ読んであげよう……」

と、文を手にした。

ところが一読するや、庄太夫の表情は曇った。

そこには意外なことが綴られてあったのだ。

母の様子を知りたくて、金太が小部屋の外からそっと窺《うかが》っていたというのに――。

二

「それで、庄さんは子供の手前、その場はうまく言い繕ったってわけだな」

「はい。さすがに辛《つろ》うございました……」

「そりゃあ、そうだろうよ」

「どうしてやればよいかと思いまして」

「だが庄さんのことだ。もう肚《はら》は決まっているんだろう」

「それは……」

「遠慮は要らねえよ。峡道場の門人は好きに遣ってくんな。皆も庄さんの頼みなら喜んで聞くだろうよ」

「先生、忝《かたじけの》うございます」

「水くせえことを言いなさんな。話を聞いて、おれも何やらそわそわとしてきたよ。はッ、はッ、はッ……」

竹中庄太夫は〝まつの〟での文の一件を早速峡竜蔵に相談した。

金太のために一肌脱いでやろうと思ったが、それにはまず師へ断っておく必要があった。

「庄さんの考えは、おれの考えだよ」

と言ってくれる竜蔵へは、一切の隠し事をせぬ庄太夫であった。

件《くだん》の〝丸重〟の主・重右衛門からの返信には――。

一月ほど前に、金太の母・おさよは自ら願い出て暇を取ったと書かれていた。

しかも、その際おさよは、

「子の傍で暮らしてやりとうございます……」

その機が熟したのだと涙ぐみながら幸せを噛《か》みしめていたと――。

「きっと改めましてご挨拶《あいさつ》に伺いますので、今はただ、勝手をお許しくださいまし……」

そう言っていたので、重右衛門は再嫁が決まったのであろう。だが、相手のあることなので、落ち着いてから良人、子供を連れて挨拶をしたいのだと受け止めて、快く願いを聞き入れたのだそうな。

それゆえに、金太を預かるおさよの友人が、おさよは達者にしているかと文で問うてきたのを不審に思い、

「何かの手違いで、随分と前に書かれた文が今頃になって届いたようですね……」

という趣旨を書き添えて、重右衛門はすぐに返信をしたようだ。

だが、もちろんお常にしても、これは寝耳に水であった。

今まで時折交わしていた文には、そのうちに〝丸重〟の勤めからも抜け、晴れて母子で暮らすつもりだと認められてはあった。

しかし、具体的には聞かされていなかったし、まさか一月ほど前に店をやめていたとは、俄《にわか》には信じ難い話であったのだ。

何よりも、それならば今、おさよはどこでどうしているのであろうか。

金太をお常に預けたまま、行き先も告げずに、この一月の間姿を消してしまうような真似《まね》をおさよがするはずはない。

と言って、〝丸重〟の重右衛門は人に知られた男である。庄太夫が読んだ文面から
も、やさしさは伝わってくる。偽りを書いているとは思えない。
金太は母からの便りを心待ちにして、今にもお常から、
「金ちゃん、こっちへおいでな。おっ母さんからの文が届いたよ。さあ、竹中先生に
読んでもらいましょう」
そんな声がかかるものだと思って、小部屋の外に待ち構えている。
その様子がわかるだけに、庄太夫は、
「金坊、おっ母さんは達者にしているようだ。このところはあれこれ忙しゅうて、お
前に便りをできないでいることを哀《かな》しがっていると文には書いてある。金坊も男だ。
その辺はどっしりと構えて、おっ母さんを労《ねぎろ》うてやりなされ……」
金太にはそのように告げ、お葉とお常にはそっと文の内容を伝えた上で、金太にこ
のことを悟られぬようにと言い聞かせ峡道場へ向かったのであった。
庄太夫は、その道中あれこれと考えを巡らせた。
当然、まず千住へ行き、〝丸重〟の重右衛門に会って話を聞くべきである。
だが、今の様子では、おさよは息子と暮らすと言って店をやめておきながら、その
実、一月もの間その息子を放り出して姿を消しているわけである。

この事実を率直に報《しら》せて好いものかどうかがためらわれたのだ。

おさよの恥になることだし、重右衛門も気分が悪いに違いない。

おさよが金太と暮らしたいと思っていたのは確かである。いずれにせよ暇を願い出た奉公先には出来る限り耳に入れずにおいた方が好いと庄太夫は思った。

「なるほど、そいつは庄さんの言う通りだな。その〝丸重〟の主の言っていることが本当かどうかは、ちょいと調べればすぐにわかる。今はこっちの手違いで、おかしな文を送っちまったことにしておけば好いんじゃあねえかい……」

竜蔵も同意した。

昔と違って、思慮分別が随分と身についてきた峡竜蔵である。

庄太夫の胸中をたやすく読めるようになっていた。

「〝まつの〟のお葉さん絡みのこととなりゃあ、庄さんも放っておけねえものな。しっかりと世話を焼いておやりな」

そして、庄太夫のお節介を後押ししてやることも忘れなかった。

「ありがとうございます」

庄太夫は、そんな竜蔵の成長ぶりが嬉《うれ》しくて胸を熱くしたが、近頃はすっかりと剣術師範として人に知られるようになったものの、俠気《きょうき》と好奇心は尚も体の内に燃えて

いる竜蔵は、

「なに、おれも首を突っ込みたいのさ」

と、涼しい顔をしていた。

早速、峡道場の門人である腕っこきの目明《めあ》かし・網結《あみすき》の半次《はんじ》が、竜蔵の居間に呼び出された。

このところは、彼の乾分《こぶん》にして、同じく竜蔵の剣の弟子である国分《こくぶ》の猿三《えんぞう》に、あれこれ仕事を任すようになったが、やはり峡道場の用となれば、三番弟子である自分がまず出張らないと気が済まない。

「何かございやしたか……」

勇んでやってきた半次の目の光には、頼りにされる者の喜びが溢《あふ》れていた。

竜蔵の妻・綾《あや》は、三つの息子・鹿之助《しかのすけ》を内弟子の竹中雷太《らいた》に託し、三人の男達が拠《よ》る一室へ、手ずから茶菓を運んだが、

「まったく何の談合をしているのか知りませんが、どうせ他人の世話を焼くつもりなのでしょう。三人とも、そういう目をしています」

と、稽古場で竜蔵に代わって稽古をつけている神森新吾《かみもりしんご》に耳打ちした。

こんな時に稽古を任されるのは名誉なことなのであるが、峡竜蔵の二番弟子として、

剣俠の精神を師と共に発揮してきた新吾には、何を話し合っているのかが気になるところであるのだ。

綾はそういう道場の門人達の心の動きをすっかりと捉《とら》えている。

「そうですか……。先生も相変わらずですねえ。まあ、竹中さんに絡むこととなれば放ってはおけませんが……」

新吾はちょっと困ったという顔をしつつ、興味津々のようだ。

「はい、何といっても庄太夫さんに絡むことですから……」

綾はしかつめらしく頷《うなず》いた。

峡道場で竹中庄太夫に関《かか》わる事柄は重大事項である。

二人はこの一件から取り残されぬように共闘せねばならぬと、暗黙の内に意思を確かめ合っていた。

竜蔵に嫁ぐ前から峡道場に出入りしていた綾は、もう立派に夫が目指す〝剣俠〟の一翼を担っているという自負を持っている。

そして、網結の半次と国分の猿三が動いた。

それによって、千住の料理屋〝丸重〟に奉公していたおさよという女中が、一月ほど前に暇を取っていたことは事実だとわかった。

腕っこきの目明かし二人が動けばそれを知るのはわけもなかったが、別段揉《も》め事もなかったようで、おさよは幸せそうな様子であったという。

人情に厚いという店の主・重右衛門も噂通りの男で、すぐに竹中庄太夫が〝丸重〟に彼を訪ねた。

直心影流剣術指南・峡竜蔵の遣いで千住に所用があり、その中に立ち寄った体で、

「いや、おさよ殿の知り人に頼まれまして代筆をいたしたものの、ちと行き違いがござって、おかしな文となってしまいましてな。さぞ驚かれたことでござろう、勘弁願いたい……」

と伝えておいた。

武家の出であるという重右衛門は、人懐っこくて、名筆の庄太夫にすっかりと心惹《こころひ》かれた様子で、

「貴方《あなた》様のような御門人をお持ちとは、峡先生のお人柄が偲《しの》ばれます」

などと頬笑《ほほえ》んで、おさよは申し分のない奉公をしてくれたものだと、暇を与えたことを惜しんだ。

その際庄太夫は、このところの多忙に紛れて、今おさよがどうしているかについては定かではないのだが、息子との新たな暮らしの用意を整えんと、忙しくしているよ

うだと言葉を濁しておいた。

「嬉しそうな様子でしたゆえ、好い縁でもあったのかと思ったのですが、まず落ち着いた折に便りをくれることでしょう。それを楽しみにしているのですよ」

重右衛門の口ぶりを聞くと、今のところは何もおさよを案じている気配はないようだ。

庄太夫は、重右衛門が送られてきた文に抱いていた疑問を取り除いてやると店を出た。

後は、半次、猿三の二人に任せておけばよい。

二人は手先を巧みに配し、〝丸重〟の内外から、おさよの身の周りに起こっていたあらゆる事象を調べてみた。

そして、

「もしや、この男がどこかで絡んでいるのかもしれない……」

という閃《ひらめ》きが半次の胸で輝いた時、高輪ではちょっとした騒動が起こっていた。

金太の姿が見えなくなったのである。

三

これを峡道場に報せてきたのはお常であった。

金太は、寿福寺門前に住む浪人が開いている手習い所に通っているのだが、夕方の七ツ（午後四時頃）になっても〝まつの〟に顔を見せなかった。

日頃は八ツ（午後二時頃）に手習いが済むと、半刻（約一時間）か一刻（約二時間）ばかり手習い子達と遊んでから、〝まつの〟でお常の仕事が終るのを待つので、お常も少し心配になってきた。

それは、〝まつの〟の女将・お葉も同じで、

「お常さん、店はいいから、ちょっと金坊の様子を見ておあげなさい」

と、心当たりの場所を回るよう言ってやった。それでお常も心当たりを捜してみたのだが、長屋に戻っているわけではなく、いつも遊び場にしている寺の境内や、浜辺にもその姿は見られなかった。

お常は堪《たま》らなく不安になってきた。

勝手に遠くへ行ってはいけないと、金太には日頃から厳しく言い付けてあった。

何といっても金太は仲の好いおさよからの大事な預り物である。この金太のために

おさよは千住の宿で身を粉にして働いていたのだ。

そして、金太への仕送りは、金太と暮らすお常の暮らしをも支えてくれている。

かつて、芝神明の料理屋で共に奉公していた時は、陽気で人に好かれはするが、あれこれ粗相も多かったお常を、おさよはいつもそっと助けてくれたものだ。

その愛息にもしものことがあったら、何として詫《わ》びればよいものか――。

お常は髪を振り乱し、着物の片裾《かたすそ》をはしょって息を切らしながら辺りを駆けた。

お常を日頃知る人は、狂女のごとき様相で駆け回るその姿を見かけて驚いたが、〝まつの〟で働くお常はなかなかの人気者で、

「お常さん、息せき切って、いったいどうしたんだい……」

と、呼び止める者も多く、その中の車力の一人が、

「金坊なら、ちょっと前に、島津《しまづ》様のお蔵屋敷の先で見かけたぜ」

と、教えてくれた。

北方の芝へ足が向いていたという。

薩州《さつしゅう》島津家の御蔵屋敷は東海道沿いにあり、〝まつの〟からはほど近い。

だが、十に充《み》たぬ金太が一人で街道沿いの道を北上していたとは気にかかる。普段は一人で芝を目指して遊びに行くことなどなかったし、慣れぬところへ行く時は必ず

お常に断るという健気な金太であった。

おさよが千住の〝丸重〟を出た事実は、庄太夫から伝えられていた。

おさよの安否が気遣われる今、金太の行動がこれと関わっていたならば大変である。

ここへきてお常はあれこれ動き回るより、まず竹中庄太夫に報せようとして、三田二丁目の峡道場へ駆け込んだのだ。

幸いにも夏のこととて、夕方になっても日はまだ高く明るかった。

この時、庄太夫はちょうど木太刀を取って型の稽古に励んでいたが、出入り口に現れたお常の姿を認めて何事かと駆け寄った。

「慌てることはない。すぐに見つかろうて……」

話を聞いてもさすがに庄太夫は冷静であった。

「金坊はきっと日本橋を目指しているのであろうよ……」

金太は何かの拍子に、母・おさよの身によからぬことが起こっているのではないかと察して、千住に向かっているのだと庄太夫は推量した。

千住へはくれぐれも訪ねてきてはならないと言われていたが、金太の心はいつも母のいる千住に向かっていたのであろう。庄太夫が〝まつの〟に立ち寄る時は、

「先生、千住はどんなところなのですか……」

と、金太はよく訊《たず》ねたものだ。

そんな時、庄太夫はいつも、

「千住というところはな、日光へ続く道と、奥州へ続く道の初宿で、大層賑《にぎ》やかなところなのだ……」

という解説に始まり、おっ母さんは大人だから好いが、まだ幼い金太は足を踏み入れると迷子になってしまうぞと締め括《くく》った。

金太はというと、

「そんな怖いところなのですか……」

足を踏み入れられぬ身を残念がりつつも、この子はなかなかに聡明で、

「初めの宿ということは、どこから数えるのですか?」

などと問うてくる。

「そなたは利口じゃな。うむ、好《よ》い問いかけじゃぞ、それはな日本橋から数えるのじゃよ」

庄太夫はそんな風に話していたのを覚えていたから、

「金坊はまず日本橋を目指し、そこから千住へ行こうとしているに違いなかろう」

と、確信したのである。

稽古場の出入り口で、そんな話を忙《せわ》しなくしていると、それに気付いた峡竜蔵が見所から下りて二人の傍へとやってきた。

「こ、これは峡先生、お稽古の中にお騒がせしてしまいました。お許しくださいまし……」

お常はしどろもどろになった。

先日、竹中庄太夫に〝丸重〟からの文を読んでもらった後、お常は庄太夫の好意で、金太を連れて峡道場の稽古を見物させてもらった。

その折金太は、庄太夫の養子である竹中雷太に型を教わったりして大いにはしゃいだものだ。

父を失い、母と離れて暮らす金太を不憫《ふびん》に思った竜蔵が、

「その子を一度連れてきておやりな……」

と、庄太夫に勧めてのことであった。

お常は噂に聞いていた竹中庄太夫の師・峡竜蔵の姿を初めて間近に見て、

「本当にご立派でお強そうで、絵草紙から抜け出ておいでになったようなお武家様でございますねえ」

と、感嘆したのだが、今またこの場で再会して恐縮することしきりであった。

「話は大よそ聞こえていたよ」

「これは、大きな声で……、お恥ずかしゅうございます……」

「いや、手間が省けていいや。どれ、早駆けの稽古とするか……」

竜蔵は身を縮めるお常に頬笑むと、門人全員に、日本橋へ向けて駆けるようにと命じた。

「この前、稽古を見にきていた金太を覚えているな！　あの子供を見つけたら帰ってきてもよい。見つけられなんだら、千住まで走ることになるぜ。しっかりとかかれ！」

竜蔵の号令一下、神森新吾以下、この日稽古にきていた十数人が、

「参ります！」

と、袴《はかま》の股立《ももだち》を取り、早駆け用に備えてある草鞋《わらじ》を履いて元気に飛び出した。

「往来の人を怖がらせるんじゃあねえぞ！」

叱咤《しった》する竜蔵を見上げて、

「先生……、いや、畏《おそ》れ入りましてござりまする」

庄太夫はつくづくと言った。

先日、竜蔵が金太を道場に連れてくるように勧めたのは、金太を喜ばせてやると同時に、〝まつの〟のお葉へ顔を立ててやろうという庄太夫への気遣いだけではなかっ

たのだ。

いざという時、峡道場の門人達が一様にお常と金太の顔を見知っていた方が何かと好都合であると考えての配慮であったのだ。

その由をお常の前で自慢げに庄太夫が告げると、

「なるほど、考えてみればそうであったな。だが庄さん、おれはそこまでのことは考えてなかったよ。まず成行きってとこさ……」

竜蔵は買い被《かぶ》りだと言って豪快に笑ってみせた。

その笑い声は、お常の緊張を和らげ青くなっていた彼女の顔をたちまち紅潮させたのであった。

竹中庄太夫の予想は当たっていた。

ほどなくして、峡道場の門人達が芝口橋の手前で金太を見つけて連れ戻してきた。

金太に追い着いたのは、雷太と古旗亮蔵《ふるはたりようぞう》がほぼ同時で、帰ってからはどちらが早かったのかを他の門人達も加わり、喧々囂々《けんけんごうごう》と言い合って賑やかなことこの上なかった。

「お常さんや、竹中先生に心配をかけてはならないよ……」

先日はやさしく稽古場で相手をしてくれた心やさしき剣士達に諭されると、金太は素直に従ったという。

こんな大勢の男達にかまってもらったことなどなかっただけに、金太も呆気《あっけ》にとられてなすがままになったのであろう。

日本橋に通じる道が〝まつの〟の前の東海道であると思って、勇躍歩き始めた金太であったが、家から遠く離れていくに従って、その小さな体を不安が支配し始めた。

東海道沿いは人も多いし賑やかであるとはいえ、日も暮れ始め、方々から上がる炊《かし》きの煙を眺めるうちに、お常の言い付けを破って勝手に出てきた自分が怖くなってきた。

行くか戻るかを考えているうちに峡道場の門人達が駆けつけてくれた時はほっとして涙をぽろぽろと落したという。

門人達はそんな金太を奪い合うようにして肩に乗せたりして歩いたから、金太も次第に心を落ち着けた。

峡道場に戻った金太とお常を見て、竜蔵と綾は大喜びした。

綾は、二人を夕餉《ゆうげ》に誘おうとした。

竜蔵、綾、鹿之助に、庄太夫、雷太。二組の親子を交え、ほのぼのとした一時を過ごせば金太の気もほぐれ、何ゆえに日本橋を目指して歩こうと思い立ったのかすぐに話すだろう――。

そう考えたのだが、竜蔵は綾に、

「無用にしろ……」

と、怒ったように言って、庄太夫一人をお常と金太に付けて家に帰らせた。

綾はそれが少し悔しくて、

「せっかく心尽くしを差し上げようと思いましたのに……」

竜蔵に不満を洩《も》らしたが、

「その心尽くしが面倒な時もあるんだよ」

すぐに抑え込まれた。

「あれくれえの頃は、何かしでかしたかなと思った時にあれこれ気遣われると、かえって心細くなるもんだ。夕餉に呼んでやっても、ただ小さくなって、他人の家の幸せを見せつけられて、哀しい想いが増すのがいいとこなのさ……」

そう言われると綾も返す言葉がなかった。

自分は気遣ったつもりでも金太がどう思うかは知れなかった。

十の時から二親と離れ、藤川《ふじかわ》弥司郎右衛門《やじろうえもん》の内弟子となった峡竜蔵である。

こんな時の対処は、誰よりも的確なのだ。

綾は己が〝出過ぎ〟を恥じて、お常と金太に付き添う庄太夫を黙って送り出した。

やがて庄太夫はにこやかな表情を浮かべて道場に戻ってきた。

「綾、庄さんに何か出してあげてくれ……」

竜蔵は綾に酒肴《しゅこう》の用意を頼んで、居間へと庄太夫を通して話を聞いた。

その席には神森新吾と、金太の探索に活躍した古旗亮蔵と雷太も呼んでやった。

すっかりと夜になり、居間の隅で鹿之助はすやすやと寝息を立てている。

亮蔵と雷太は無論のこと、綾と新吾もお前達のことはいつも忘れてはいないという竜蔵の気遣いに満足をしていた。

「で、庄さん、金太は母親の一件を知っていたのかい」

綾も聞きたいであろうと、竜蔵は冷や酒に、空豆をさやごと焼いたもの、奴豆腐が運ばれるのを待って、身を乗り出した。

庄太夫が持ち込んだ一件であるが、竜蔵はもう我が事のようにどっぷりと浸っている。

「はっきりとではありませんが、母親が奉公先を出ていなくなったと気付いたのでござりまする……」

庄太夫は噛みしめるように言った。

「誰かが勝手に報せたのかい。それとも、あのお常さんがうっかりと金太の前で口をすべらせたとか……」

「いえ、先生、それが思いもかけぬことに、金太があの文を読んでしまったのですよ……」

「文を読んじまった……？」

竜蔵はぽかんとした目を向けた。

綾、新吾、雷太、亮蔵の四人も同じく首を傾《かし》げた。

千住の〝丸重〟の主・重右衛門の文は、達筆過ぎて、お常はもちろん、お葉でさえもよく読めなかったゆえに、庄太夫に読んでもらったのではなかったのか――。

峡道場からの帰り道。庄太夫は、いつもの穏やかで蘊蓄《うんちく》に溢れた物言いで、ぽつりぽつりと金太に語りかけた。

「さすがは男じゃな。見知らぬところに足を踏み入れてみたい……。そのような想いを持たないではおもしろくはありませんぞ……」

頭ごなしに叱《しか》らずに、十に充たぬ金太の勇気を誉めてやると、金太はたちまち目を輝かせて、

「ほんとうですか……」

「ああ、ほんとうだとも。だが、お常さんを心配させたことはよくなかった。わかるな……」

「はい……」

「わかっているならよろしい。金坊は千住に行ってみたいと思うたのじゃな」

「はい……」

「まず初めは日本橋、それを覚えていて、そこから千住へ行こうと……？」

「はい。そこで、その先の道をだれかにきこうと思ったのです」

「うむ、ますます金坊はお利口だ……」

そんなやり取りを経て、何故、昼が過ぎているというのに、利口な金坊がくるなと固く言われている千住に行こうとしたのかを問うと、

「みんな、何もおしえてくれないけど、おっ母さんは、お店をやめたのでしょう。それなのにどうしておいらに会いにきてくれないのか……。それが知りたくなって……」

金太はもじもじとして応えたという。

それで庄太夫が、どうしてそんな風に思ったのかを問い質《ただ》すと、意外やお常が葛籠《つづら》の脇に置いていた文を読んでしまったからだと言ったのだ。

重右衛門からの文は確かに読むのは難しい。しかし、見ただけで読めたものではないと決めつけてしまうのが、お葉やお常のいけないところで、じっくり何度も読み返してみれば、はっきりとわからぬまでも、大よその文意は読み取れるものだ。

数え歳で十に充たぬとはいえ、金太は遠いところで働く母親のお蔭で手習いに通えている身をありがたがって、学業に身を入れているのであろう。

母を想う気持ちが募れば募るほど、早く自分の手によって文を認めたいと読み書きに身が入る。お常が何げなく置いておいた文を懸命に読んだのもそんな気持ちゆえのことなのだ。

金太の強い望みが文の意を理解するに至り、幼い彼の胸を締めつけて、今日の一件に及んだのだ。

「なるほどな……。大人が思っているよりも尚、子供は頭を使っていて、知恵を付けているんだな……」

竜蔵は感じ入りつつ、ふっと笑った。

「ふッ、それに比べて、確かに女も小母《おば》さんになると、難しいことへの諦《あきら》めが早くなるってもんだ。まあ、それも悪くは思わねえが……」

達筆な字は端《はな》から難しい、読めないと決めつけてしまう、お葉とお常のちょっと馬鹿なかわいさも頬笑ましかった。

「とはいえ、庄太夫さん、文の中身を偽って伝えたことが金坊に知れてしまいましたね」

そんな夫を尻目《しりめ》に綾が心配そうに言った。

「さて、それが困りました……」

庄太夫は頭を掻《か》いた。

まさか読んでもわかるまいと、文の管理をいい加減にしていたお常は、何度も庄太夫を伏し拝んだというが、

「まず、金太には嘘《うそ》を言ったと正直に伝えて詫びた上で、わたしが千住に行って、重右衛門殿に会《お》うてきたゆえに案ずることはないと言い聞かせておきました」

その際庄太夫は、確かにおさよは〝丸重〟から暇を取ったそうだが、この先金太とどこでどうして暮らそうかと、その段取りに方々出向いて忙しくしているようだから、必ずそのうちに高輪に姿を現すはずだと金太を安心させたのである。

「だが、その気休めも長くは続かねえな。早いとこ、金太のおっ母さんを見つけねえといけねえや」

竜蔵が真顔で宙を睨んだ。

網結の半次が動いているのだ。きっとそのうちにおさよの消息も知れるであろうが、処は千住である。

江戸四宿。所謂《いわゆる》、千住、板橋、内藤新宿、品川に江戸町奉行所の威光は及ぶが、芝界隈《かいわい》を縄張りにする半次にとっては、他国に等しい。

下手に動いて処の親分の縄張り内を汚すことになってもいけない。

己が身分を隠しつつ、処の顔役に筋を通しながらの探索が求められるので、何かと手間がかかるのだ。

その間におさよにもしものことがあったらどうしようもない。また、お上の御用にしてしまうと、おさよが悪事に巻き込まれていた場合は罪に問われるかもしれない。

そんな骨の折れる仕事ゆえに、竜蔵も気が急くのであった。

おさよの探索には、お常がおさよから預っていた金子が庄太夫に渡されていた。

庄太夫はこれを受け取るか迷ったが、二分だけを受け取って半次に渡していた。

半次はその気持ちを大事にして動くのだ。そして、国分の猿三と共に、島次郎《しまじろう》という男の行方を追っていた。

島次郎は、小間物の行商で時折〝丸重〟を使っていたのだが、特におさよとは親しかったという。

四

「そろそろこの辺りにも慣れてくれたかい」

男が訊ねた。

「ええ、ちょっと歩けば賑やかな山谷堀だというのに、ここは何やら静かで橋場《はしば》の渡しもすぐそこで、親子が暮らすのにはこれほどのところはありませんよ……」

女がにこやかに応えた。

男と女は互いに三十絡み、所帯を持ったばかりの夫婦のようだ。

処は浅草橋場町、福寿院の門前である。

ここに表長屋の外れに立つ一軒の仕舞屋《しもたや》があって、夫婦者は一月ほど前に越してきて暮らし始めた。

「そう言ってくれるとありがたい。お前は働き詰めに働いたんだ。今はのんびりと、体に染み込んだ垢《あか》を落してくれりゃあいいさ……」

「何だかありがた過ぎて、罰が当たりそうだよ……」

家は広めの土間の向こうに二間続き、二階にも一間有り、子供がいてもゆったりと暮らせよう。

しばらく空家となっていたので、女は日々せっせと隅々まで磨き清め、自分で障子を張り替え、襖《ふすま》の破れを繕ったりしていて、仕舞屋は見違えるほど美しくなっていた。

この様子を見ても、女が働き者であるのがわかるが、その姿も細っそりとしていて、やや怒り肩なのが襷《たすき》がけを勇ましくして、機敏さを一層際立たせている。

そして、きりりとした表情に時折漂う哀切が、男の心を捉えるのであろうか、亭主の女を見る目は少しばかりだらしなかった。

亭主は島次郎という小間物屋である。

今、目明かし・網結の半次と国分の猿三が、ひたすら追い求めている男であった。

となると、女は金太の母親・おさよということになろう。

島次郎は商売上手の小間物屋で、草加、越ヶ谷、古河《こが》辺りの分限者を上客とし、千住で遊ばせるのを仕事上の武器としていた。

その流れで〝丸重〟によく客としてやってきたが、芸妓、女中、男衆にまで細々《こまごま》と気を遣うやさしさに、おさよはいつしか心を惹かれるようになった。

島次郎もまた、おさよが一人息子を人に預け、その子のために身を粉にしているのだと聞きつけて、何くれとなくおさよを気遣ってやった。

気前の好い客の相手をしている時は、おさよを呼んでやり、祝儀が渡るようにもし

たし、筆や帳面などが手に入った時は、

「子供に送っておあげ……」

と、くれたりしたものだ。

おさよは長く料理屋で女中として働いてきたが、今までは客に心を許したことはなかった。

心を許せば、客に裏切られた時に、せっかく摑《つか》んだ仕事も失ってしまうと思ったからである。

給金と客からの祝儀をこつこつと貯《た》めて金太に不足のない暮らしをさせてやる。それを確かなものに出来ればよいのだ。

死に別れた亭主は腕の好い船頭だったが、極道者ですぐに調子に乗る困った男であった。

挙句に酒に酔って船に乗り、誤って船から落ちて死んでしまった。

所帯を持ったのは僅《わず》かな間で、その後は良人に食べさせてもらおうなどと考えずに、己が身を粉にして働く方が金太のためにも好いのだと、甘い男の言葉には耳を貸さずに生きてきたのであった。

だが、それなりに貯《たくわ》えも出来て、後一年ほどすれば、賃仕事などこなしつつ金太と暮らせると思った時に、今まで張り詰めていたものが体から抜けて、おさよの女の一面をも表に出した。

島次郎の好意に心が躍るようになったのだ。

ある夜、客を送り出した後、一人座敷に残り酒を飲み、己が疲れを癒す島次郎の姿を見ていると、忘れていた恋情が込み上げてきた。

自分に好意を持ってくれているのは確かだが、あまり決まった女中を贔屓にすればおさよの立場もあるだろうと、島次郎はどの女中にも親切であった。

そういう島次郎に惹かれていたのに、その夜はそれが疎ましく思えた。自分だけに親切でいてくれたら好いのにと――。

おさよは、自分から島次郎に呼ばれていると店に告げ、彼の座敷へ出て酒の相手をした。

島次郎にも否はない。おさよが気にかけてくれていたのを喜び、昔話などしてくれた。

数寄屋《すきや》河岸の小さな小間物屋に生まれて、店を受け継いで女房を娶《めと》り、子を儲《もう》けた。

細々と営んでいた店を、自分の代で大きくしてやろうと張り切っていた矢先に、文化三年（一八〇六）の大火に遭い、店は灰燼《かいじん》と化し、親、女房、子供を失った。

これが島次郎にとっての大きな痛手となり、かつての思い出の地にいるのが辛くなり、小間物を行商して、日光街道を渡り歩いたのだという。

おさよは島次郎の身の上話に心を打たれた。大火で子を亡くしたから、子供を抱えて苦闘する自分を贔屓にしてくれているのだと思うと、彼への思慕は一層強いものとなった。

人間、想えば想われる。島次郎もまた、肉親を失った哀しみを、おさよの想いに応えることで乗り越えようとしていたようだ。

だが、島次郎は方々を飛び回る忙しい暮らしを送っていたので、頻繁に〝丸重〟にくることは出来なかった。それゆえに二人の仲は店で噂にはならなかった。

それでも二人はひっそりと、着実に恋を育み、遂に所帯を持とうと誓い合う。

店の客と深い仲になった時は店をやめねばならない——。それがおさよの信条であったから、おさよは〝丸重〟の主・重右衛門に暇を請うたのだ。

ただ、島次郎が、

「何やらお前をさらっていったみたいで申し訳ないから、何もかも落ち着くまでは、わたしのことは伏せておいてくれないかい」

と言うので、客の島次郎と所帯を持つために店を辞めたいのだとは口に出さなかった。

暇を請うのは、それなりの貯えも出来て、晴れて母子一緒に暮らせるめどがついたゆえだと告げるに止《とど》めた。

重右衛門も、ふと小間物屋の島次郎と一緒になるのかと頭に浮かべたが、推測で物を言うのを嫌う男であるから、何も言わずに幾ばくかの金子を餞《はなむけ》に渡し、店から送り出した。

そもそも、いつかめどがついたら店を出て、倅《せがれ》と暮らしたいと思っていると言っていたおさよであったから、そうしてやるのが何よりだと思ったのだ。

それが、おさよが達者にしているかを問う文が名文の代書できたので、不審に思いもしたが、竹中庄太夫の来訪でそれも解けた。

その折も島次郎の名を出さなかったのは、主としての客に対する一貫した配慮であったと言える。

何がさて――。

安否が気遣われていたおさよは幸せに胸を震わせながら、新居を構えて暮らしていた。

もちろん、ここへ愛息・金太を呼ぶつもりである。

島次郎がそれを望んでくれたからこそ、所帯を持ったのだ。

それでは何ゆえに、かくも人があたふたと動き回る事態になったのか――。

それは、ちょっとした文の行き違いにあったのだ。

おさよは確かに島次郎とのことがあり、このところは文を出せずにいた。しかし一月前に、いよいよ〝丸重〟を暇請《いとまご》いすることになった、新居を見つけ、そこで落ち着いたら報せるので、しばらく文のやり取りは出来ないが、まったく案じることのないように――という内容の文を、お常宛に送っていたのだ。

島次郎と一緒になったものの、おさよは不安で仕方なかった。

新しい暮らしに入ることを、果して金太は喜んでくれるであろうか。それがずっと気になっていたのである。

「もう今さら子はいらねえ。金太を我が子と思って生きていくよ……」

島次郎はそう言ってくれた。

今までは女手ひとつで金太を育ててきたが、やはり子供には父親がいた方が、肩身の狭い思いをさせないでいいだろう。

ましてや、金太もこれから大きくなっていく。ぐれぬように育てていくには、父親の存在は大事だ。

色々考え抜いた末に決めたことでも、男子が母と継父に抱く想いはかなり複雑であろうから、島次郎のことを文に認めるのはためらわれた。

「お前の想いはよくわかるよ……」

島次郎はおさよが金太の気持ちを気にするのは当たり前のことだと、おさよの迷いを理解してくれた。

「だがわたしはきっと金太の好い父親になってみせるよ。そうしないと、お前の好い亭主にもなれないからね」

そして一方では、おさよと所帯を持てないのなら、生きていたって仕方がないと、己が決心を伝えた上で、

「どうだろうね。まず二階のある新しい住まいを見つけて、そこへお前が金太を迎え、わたしが二階を間借りするというのは……」

と、切り出した。

どうせ島次郎は旅に出ている時が長い。家には出たり入ったりが続くであろう。初めから新たな父親だと言わずに、間借り人にしておけば好い。

いつしか顔を合わすうちに親しくなり、

「島次郎さんが、おいらのお父つぁんなら好いのに……」

などと思うようになればよいのだ。
「そうならないといけないし、きっと、金太にそう思わせてみせるさ……」
島次郎はきっぱりとおさよに告げた。
「なるほど、それならば……」
おさよはこれに納得し、件の文を認め〝丸重〟を出て、適当な家が見つかるまでは
と、その間は島次郎の住処《すみか》で時を過ごしたのだ。
島次郎の住処は、千住大橋から浅草に続く道の両脇に広がる山谷浅草町にあった。
町外れの笠屋の裏手が小さな長屋になっていて、その二軒のうちの一軒である。
もう一軒は空家で、裏長屋の一軒と同じくらいの大きさだが、旅の多い独り者の島
次郎には、これくらいがちょうどよいらしい。
そこは以前、英五郎《えいごろう》という島次郎の仕事仲間が借りていたところだという。
英五郎は四十前くらいの小間物屋で、優男の多い小間物屋にしては体格もよく、少
し精悍《せいかん》な顔付きをしていた。
おさよは、島次郎と英五郎が会っているところを何度か見たことがあるが、互いに
仕入れのやり取りなどしていて、島次郎は随分と英五郎を頼りに思っているようだ。
無口な上に目付が鋭いので、どうも馴染《なじ》みにくい男であるが、島次郎の女房である

からか、おさよには愛想が好く、

「あっしは、芝から品川辺りにまでよく足を伸ばしやすからね。何か用があったら、文くれえなら届けるんで、いつでも言ってやってくだせえよ」

そう言って、高輪の茶屋〝まつの〟宛に認めた件の文を届けてくれた。

大事な文であったので、おさよとしては少しためらわれたのだが、

「英さんに任せておけば心丈夫だよ」

良人の島次郎が手放しで勧めるのを見ると嫌とも言えず、おさよは文を英五郎に託したのだ。

だが英五郎は、すぐに高輪の方へ商売の段取りをつけて出向いてくれた上に、お常の返書まで届けてくれた。

お常は今、習字をしているとのことで、以前より読み易いものになっていた。

文には、近々一緒に暮らせると聞いて、金太は涙ながらに喜んでいる。あれこれ段取りもあるだろうし、きっちりと用意が調うまではこちらのことは一切気にせずに、料理屋奉公の疲れを落してくれるように……、と綴られてあった。

その文を一読するや、おさよは長い間の苦労が報われたように思えて涙した。

すぐにでも金太に会いたいが、迎える家が見つかるまでは、まず島次郎の女房とし

て慣れておきたかった。

長く男を遠ざけてきた身には、好いた男と二人で暮らせる喜びが体中に湧き上がって、すっかり忘れていた女の情が激しく島次郎に向かって放たれていた。

おさよはすぐに、一度だけでも高輪の〝まつの〟を訪ねるべきであった。しかし、この時のおさよは、俄に女の色気が漂い出した自分を冷静に見つめることが出来てしまった。

そんな自分を、友情に応えて他人の子を預かり育ててくれているお常に見せたくなかったのだ。

たとえ、大らかで物事にこだわらぬお常がおさよの変化に気付かずとも、〝まつの〟のお葉はすぐに察するであろう。

おさよは、すぐにでも金太に会える身となった喜びを、そんな理性で抑えてしまったのだ。

まず女としての悦《よろこ》びを落ち着かせよう――。

そう思えるおさよは幸せのはずであった。

しかし、望んだ通りの二階家に入った今この時も、おさよが〝まつの〟へ送った文は届いていなかったのである。

文は確かに島次郎の仕事仲間の英五郎が届けてくれたはずであった。そして、英五郎はお常の返書まで持って帰ってくれたものを——。

島次郎が何かと頼りにしている英五郎は、明らかに邪《よこしま》な気持ちを心に秘めている。

五

上野寛永寺の山内の東方を北へと走っているのが日光街道である。

この道もまた千住に続く。

山内と千住のちょうど中ほどに三ノ輪町があり、この地に〝お山の東三《とうぞう》〟という博《ばく》奕《ち》打ちが一家を構えていた。

俠客というのではなく、破落戸《ごろつき》の群れであると、土地の者は一様に東三を嫌っている。

東三の生業がどうも阿漕《あこぎ》で気に食わないからである。

博奕の他に、金になることならどんなことでも手を出すというのが何よりも汚ない。

特に、高利貸で人を追い込み、相手先の女房、子供を身売りさせるという血も涙もないやり口が目を引く。

「近頃ではそのやり口がどうも芝居がかってきやがったようだ……」

と、下谷界隈を縄張りにする御用聞きから、同業の網結の半次は予《かね》て聞き及んでいた。

その〝芝居がかった〟ものがどんな手口か、半次は少しずつわかってきたのである。

「やっぱり奴は、何かやらかすつもりだったようですねえ……」

半次の傍で国分の猿三が呟《つぶや》いた。

半次と猿三は、この日は朝から一人の男を追っていた。

その男が今しも、東三の家へと入っていったからである。

二人はそれを、永久寺の門前に出ている掛茶屋の床几《しょうぎ》に腰を下ろしつつ見守っている。

東三の家へ入っていったのは、小間物屋島次郎の仕事仲間の英五郎であった。

元々この英五郎は、落し岩の英六《えいろく》と呼ばれる札付きの悪党で、半次は一度、芝神明でこの辺りを仕切る浜の清兵衛《せいべえ》の身内の者と揉めて、一触即発となった英六を追い払ったことがあった。

その折に英六の顔と悪の経歴をしっかりと頭に入れておいたのであるが、それが思わぬところで功を奏した。

千住の〝丸重〟の客筋を調べるうちに、処のやくざ者から、

「そういやあ、下谷辺りであれこれやらかしていたっていう英六って野郎がちょくちょく出入りしているそうだぜ。もっとも形《なり》は堅気の物売りみてえになっているけどよう……」

そんな話を耳にした。

おさよの失踪《しっそう》にこ奴が絡んでいるかもしれないと、さらに様子を窺うと、正しくあの落し岩の英六に違いなかった。しかも今は、小間物屋となり英五郎と名乗っているようだ。

浅草から足を伸ばして、品川辺りまで行商するというから、なかなかによく働いているように見えるが、果して本当に足を洗って真っ当に暮らしているのかどうか——。

しかし、〝丸重〟では小間物屋仲間の島次郎という男と時折会っていたそうな。

この島次郎は店での評判も好く、商いに精を出しているというから、もしかすると本気で小間物屋を始めたのかもしれない。

そう思っていると、今度は島次郎が女中の中でも特におさよを贔屓にしていたという事実が知れた。

〝丸重〟で、女中達におさよの評判を訊ねると、働き者でいつもしっかりと仕事をこなしていたと、誰もがおさよを誉めた。

そして話の最後には、

「あたしから聞いたと言わないでおくんなさいまし……」

と前置きして、

「おさよさん、島次郎さんと所帯を持つつもりじゃあないのかしら……」

と言った。

その証拠には、おさよが店を辞めてから、島次郎が店にぱったりとこなくなったと言うのだ。

もちろん、まだ一月のことだし、主の重右衛門が客についてあれこれ詮索《せんさく》するのを嫌うので、女中達は詳しく教えてくれなかったが、半次の勘では、おさよは島次郎と所帯を持ち、二人で金太を育てていこうと思い立って店を辞めたのではないかと思われた。

「それを英五郎となった英六が何か企んで、おさよが高輪と繋ぎが取れねえように仕向けたのかもしれねえな」

島次郎は行商であるから、一所にじっとしておらず、誰に聞いてもその住処を知らなかった。

半次と猿三は、島次郎とおさよが今どうしているかが気にかかったが、とにかくまず英六を見つけることにした。

英六ならば、かつての立廻《たちまわ》り先を当たれば、すぐに見つけられるかもしれないと考えたのだ。

そして昨夜。

入谷の鬼子母神《きしもじん》裏にある居酒屋に英六の姿を見つけたのであった。

半次と猿三は英六を張った。

その夜、英六はこの居酒屋で酌婦をしている女の許に泊まり、朝から向かったのがお山の東三の家であった。

〝山〟と大きく染め抜かれた暖簾《のれん》を潜った英六には、東三の乾分達がにこやかに寄り添っていた。

その様子を窺い見ると、真っ当な道を歩んでいる者とは到底思えない。

恐らく小間物屋は見せかけで、堅気の振りをして方々へ入り込み、東三の騙《かた》りの手先を務めている、そんなところであろう。

どんな好いことがあったかは知れないが、英六の顔には不敵で卑しげな笑みが浮かんでいた。

だが、何が嬉しくとも、小間物屋の英五郎こと落し岩の英六も、網結の半次と国分の猿三に絡みつかれては、悪事の華も咲かされまいし実もなるまい。

やがて東三の家を出た英六が向かった先は根岸の里であった。

ここは上野の山陰にして幽趣ある地——と世に通じた者に親しまれていて、味わいのある鄙《ひな》びた料理屋も点在している。

そんな一軒に英六は消えていった。

半次と猿三はためらわずに続いて入った。周りは木立に囲まれた店である。もしもここが悪の巣窟《そうくつ》であれば、二人の命に関わることであるが、出てきた女中の立居振舞は実に素朴で慎ましやかなのが半次の目に見てとれた。

どうやら怪しげな店ではないようだ。

「ちょいとすまねえが、一杯やる前に庭を見せちゃあくれねえかい。おれは怪しい者じゃあねえのさ。ちょいと植木いじりが好きなおやじでね」

半次は女中に心付けを握らせ、北町奉行所定町廻《じょうまちまわ》り同心・北原秋之助《きたはらあきのすけ》から授けられた手札をそっと見せた。

この料理屋の座敷はどれも離れの体をしていて、庭を楽しみながら酒が飲めた。

人は密談をこういうところでしたがるものだ。

英六もまたしかり。

何やら悪事の段取りを確かめ合おうとして、ここで人と待ち合わせているようだ。

待ち人は既に座敷にいた。

英六はふっと笑って、

「お前は大したもんだな。人を待たすことがねえ。それじゃあ女からも頼りにされるってもんだ」

相手に皮肉な言葉を投げかけた。

ぽんッと股《また》を割って座る仕草には、小間物屋の面影はない。

「これはこれで、なかなか苦労が多いんだぜ……」

応えた相手も伝法な物言いだが、日頃の彼の姿を見ている者はその変貌《へんぼう》ぶりに驚くであろう。

英六と二人で薄ら笑いを浮かべているのは、おさよの亭主となった小間物屋の島次郎であった。

「そろそろ始めようかって、お山の親分が言ってなすったぜ」

英六が言った。

「そうかい、そいつはよかった。おさよにもそろそろ飽きた」

島次郎が吐いて捨てるように応えた。

「で、幾ら値がついたんだい」

「へへ、島公、お前は飽きたかもしれねえが、三十になるってよ」

「三十……？　兄ィ、そいつは本当かい」

「ああ、見る者が見りゃあ、なかなかの値打もんだそうな。磨きゃあ光る玉で、歳はくっちゃあいるが丈夫そうだから長く勤められるってよ」

「そうかい、そいつは何よりだ。だがよう、半分は親分が持っていくんだろう」

「ああ、ちょいと割りが合わねえ気もするが、こればかりは仕方がねえや」

「阿漕なお人だぜ。おれに一文たりとも貸してねえってえのに、亭主に借した銭を何とかしろと言い立てて、せっかくおれが苦労をして手懐けた女房を売りとばすってんだからよう」

「何言ってやがんでえ、これで何人目だ。女をその気にさせて売りとばすお前の方がよっぽどだあな」

「仕方がねえだろ。おれに惚れちまったんだから、尽すのが当たり前さ」

「まだ言ってやがる……」

悪党二人の胸糞《むなくそ》が悪くなる話はしばらく続いた。

座敷の隅の小窓から涼しい風が入ってきたが、そこにおびただしい怒気が含まれていることなど、悪党二人には知る由もなかった。

六

俄芝居はその夜始った。

浅草橋場町の新居では、いつものようにおさよが隅々まで清めていた。

おさよの頭の中には、この家の中で楽しそうに手習いをし、食事をとり、安らかな寝息をたてる金太の姿があった。

そして、それを自分と共にやさしく見守っている良人・島次郎の姿が――。

真にいじらしい女心である。

そこに島次郎が家に戻ってくるやがっくりとうなだれて、

「おさよ……、わたしはもういけない。まったく無念だが、別れておくれ……」

と、切り出した。

「え……？　いきなりそんなことを言われても、いったい何があったんだい」

おさよはあたふたとして理由を訊いた。

「明日までに十両の金を返さなければ、大変なことになるんだ……」

島次郎は、とつとつと語り始めた。

「わたしはねえ、お前と金坊のために、担ぎの商いではなくて、小さいながらも小間物屋を出す算段をしていたんだよ。お前が店を出すなら肩入れをしてやろう、当座の金も用意してやろう……。そう言ってくれた旦那がいたものだから、八両ばかりの金子を金貸しから借りたんだ。そうしたら、俄にその旦那が亡くなって……」

商売の当てが外れた上に借金だけが残ってしまった。利息と合わせて十両の金を返さねば、腕の一本もへし折られる。当然、相手は女房のおさよに返済を迫る。一年の年季で水茶屋奉公にでも行ってもらおうなどと言い出すに決まっているのだ。

「お前に苦労をかけたくないんだよ……」

語り終えると島次郎は男泣きに泣いた。

こうなると、おさよも女であった。惚れた弱味で、十両という金ならたとえ年季奉公に出たとしても、手持ちの金を差し出した上で一年も勤めれば何とでもなるだろう。そんな想いがもたげてくる。

今までも辛抱してきたのだ。本当ならば〝丸重〟で後一年、奉公するはずであったことを思えば何ということはない。

さっと、五両ばかりある貯えの金を島次郎に差し出して、

「お前さん、何を言っているのですよう。夫婦は二世と言うじゃあありませんか。極道をして拵《こしら》えた借金でもなし、みんなわたしと金太のためにしてくれたことなんだ……。一年というなら、わたしはどこへだって奉公をしてみせますよ」

しっかり者ゆえに、苦難を乗り越えてみせると胸を叩《たた》いてしまうのだ。

「おさよ……、すまない……、一年なんてお前を働かせないよ。わたしは死ぬ気で働いて、すぐにでもお前を……」

そして島次郎は、意外にあっさりとおさよの申し出を受け、またも男泣きに泣く――。

ここまでは島次郎が思い描いた筋書通りであった。

だが、おかしな観客が舞台に上ってきて邪魔をするとは夢にも思わなかった。

「ごめんよ……」

がらりと戸を開けて入ってきたのは、いかにも強そうな浪人風体の壮年の武士と、その連れの小柄で痩身《そうしん》の老武士であった。

「な、何だい、人の家にいきなり……」

あまりに思いがけなくて、島次郎は、はっきりと嘘泣きが知れるほどに戸惑いの表情を浮かべた。

「あら、あなた様は……」

おさよが目を丸くした。

この老武士の顔に見覚えがあったからである。

「竹中庄太夫でござるよ。ほれ、お葉さんの馴染の……。それで、このお方は、わたしが剣術を教えていただいている峡先生じゃ……」

突如現れた二人の武士は、峡竜蔵と竹中庄太夫であった。

これにはおさよも動揺した。庄太夫にこの場を見られては、お常にはまだ内緒にしていることが知れてしまうではないか。

いや、それよりもまず、竹中庄太夫が何ゆえここにいるのか――。

おさよには何が何やらわからない。

おさよの動揺を見た島次郎も、あたふたとし始めた。もはや夫婦の愁嘆場を演じるどころではなくなっていた。

悪党の勘で、この二人の武士は自分の仕事を邪魔しにきたのだと察したのである。

峡竜蔵は喧嘩《けんか》名人である。こういう相手の心の動きを読んで、それへ付け入るのはお手のもので、

「おう、島次郎だったな。お前、今、何が悲しくて泣いてやがった。借りてもねえ金

のことで泣いていたのかい」

地獄の閻魔《えんま》の遣いのごとき野太い声で問い詰めると、島次郎の足が竦《すく》んだ。

「借りてもない金……」

おさよが首を傾げた。

「おさよ殿、しばらく黙って様子を見ていてくれぬか。決して悪いようにはせぬ……」

庄太夫がすかさずおさよに頬笑んだ。

藪入りで高輪へ金太に会いに行った時、おさよは何度か庄太夫に会ったことがある。その時はお常が世話になるお薬が、

「とにかく頼りになる先生ですよ」

と教えてくれた。

今、何やら良人の島次郎は二人に責められているようだが、男泣きしていた島次郎の顔が突如として恐怖に歪《ゆが》んだ様子を見ると、惚れた男とはいえ、おさよも首を傾げざるを得ない。

おさよはゆっくりと庄太夫に頷いて、祈るような目を島次郎に向けた。

「旦那方、何か思い違いをしていなさるようだ。あっしには何のことやら……」

言い訳をする島次郎の口調は、思わずその辺りの卑しい破落戸のそれとなった。

「やかましいやい！　手前《てめえ》、どこまでも白を切りやがると、切り刻んで鴉《からす》の餌《えさ》にしてやるからそう思え！」

剣術指南として落ち着いた感のある峡竜蔵であるが、まだまだ喧嘩口上は健在である。

一喝するや、表へ出て縄で縛られた英六を引き据えてきて、土間に転がした。

英六は半次と猿三に捕えられ、今まで表で出番を待っていたのである。

「この野郎が何もかも話してくれたぜ……。お前、お山の東三って悪党と組んで女房を売りとばすつもりなんだろう」

ここで竜蔵は、顔面蒼白《そうはく》となった島次郎ににこやかに穏やかに頷いてみせた。

「そ、そんな野郎は知りませんよ……」

島次郎の往生際はどこまでも悪い。

「そうかい、英六、お前の相棒はつれねえ野郎だな。今、縄を解いてやろう」

竜蔵は苦笑いを浮かべると、腰の刀を一閃《いっせん》させて、英六の体に食い込む縄を切断した。

その目にも止まらぬ早業に、英六は呆然自失《ぼうぜんじしつ》となってその場で固まった。

島次郎は今にも小便を漏らさんばかりに、へなへなとその場に手をついた。

「おう、しっかりとしな。お前が金を借りたかどうかは知らねえが、これから、お山の東三のところに付き合ってもらうぜ」

「へ、へい……」

「そこで東三に、おさよはおれの女房なんかじゃあねえ。赤の他人だときっぱりと言ってもらうぜ」

「へ、へい……」

蚊の鳴くような声で島次郎が応えた時――。

「さて、高輪へ帰りましょうぞ」

一旦《いったん》は惚れてしまった男の醜態をこれ以上は見せられまいと、庄太夫はその場に並べられた金を拾い集めておさよに握らせ、

「舟を待たせておりますでな……」

その場から連れ出した。

おさよは気が動転して、まだ事情がよく呑《の》み込めなかったが、

「色々と、筆の便りに行き違いがあったようじゃが、そこのところはまあ、お常さんにも金坊にもわたしが辻褄《つじつま》を合わせておきましょう。まず、あの男と出会うたことは、

みな忘れてしまいなさい」

庄太夫に声をかけられる度に、生色を取り戻した。

「まず、舟の上で話は聞きましょう」

庄太夫は、有無を言わさずおさよを促すと、橋場へ向かった。

船着き場には神森新吾がいて、舟に庄太夫とおさよを迎えた。

爽《さわ》やかで、きりりと引き締まった剣客の笑顔に触れると、おさよは少し安心してほっと息をついた。

さて、その頃には、峡竜蔵に促され駕籠《かご》に乗せられた島次郎と英六は、竜蔵、半次、猿三と共に三ノ輪へと向かっていた。

お山の東三に断りを入れ、きっちりとけじめをつけておくためであった。

「駕籠代は、乗っている二人からもらってくんな。酒手もはずむように言ってあるからよう」

駕籠屋に声をかける竜蔵を見ながら、

「東三はおいそれと引き下がりますかねえ……」

猿三が半次に、ちょっと心配そうに告げた。

東三はしたたかな男である。あれこれと言い立てて、おさよにたかってくるのではないかと気になるのだ。

「ふふふ、猿三、お前、何年うちの先生の弟子をやってるんだ」

半次はにこやかに小声で応えた。

「引き下がらねえと思うから、わざわざあの二人を連れてお出ましになるのさ」

「へい……」

「やくざ者には当たり前の理屈が通らねえから性質《たち》が悪い……」

「なるほど、だがちょいとこつを摑めばどうってことはねえ……」

「そうだよ。そのこつを久し振りに試しにお行きになるのさ」

「そんならあっしらは、ただの野次馬になっていりゃあいいんで……」

「まあな」

半次と猿三はニヤリと笑い合った。

「それにしても舟と駕籠で夫婦別れとは、こいつはとんだ野崎村だな……」

竜蔵の嘆きが夜道に響いた。

ほどなくして三ノ輪に着くと月が出た。

夜はまだまだこれからである。

「おう、お前ら先に入れ、ちょっとでも逃げようなんて思ったら、真っ二つにしてやるからそう思え！」

竜蔵は駕籠賃を払った島次郎と英六にそう告げると、二人をお山の東三の家へと蹴《け》り込んで、

「親分はいるかい。ちょいとこの野郎のことで話があるんだが……」

悠々と一人で中へと入っていった。

七

話はあっという間についた。

峡竜蔵という浪人者が一人で乗り込んできて、

「この島次郎って野郎が、おさよはおれの女房だなんて、おかしなことを言いやがるからはっきりさせにきたんだ。おさよはおれの知り人だが、こんな女たらしの女房じゃあねえ。そうだな島次郎、英六……！」

などと東三の前に二人を並べて談合に及んだ。

「どこのどちらさんかは知らねえが、言いがかりはよしにしていただきやしょうか……」

初めは東三も軽くはねつけた。

強そうに見えても相手は一人である。

東三の家には命知らずが五、六人たむろしていて、用心棒の浪人も二人いる。

こんな強請《ゆすり》の浪人者など恐れるに足りない。

東三くらいの親分となればそう思って当然であろう。

まさかこのべらんめえ口調の浪人者が、天下に名高き直心影流にあって、次の道統を受け継ぐ名剣士・団野《だんの》源之進《げんのしん》との仕合を分けた剣客などと思いもよらないからだ。

そこが峡竜蔵の狙い目なのだ。

こういう連中とは、大きく事を構えないと、町方役人もなかなか動いてくれないのだ。

そして竜蔵は時として、喧嘩を己が剣の鍛練としていたのである。

「言いがかりだと……。阿漕な真似をしやがって、どの口で吐《ぬ》かしゃあがる！」

竜蔵は挑発をすると、気の短かい若い衆が殴りかかってくるのを待った。

この間に何事かと野次馬が集まってくる。

その連中に、降りかかる火の粉を払ったのだと見せればよいのだ。

半次と猿三の手によってたちまち野次馬は集まった。

「この、素浪人が！」

期待通りに若いのが二人、追い払ってやろうと殴りかかってきた。

そこからはもう言うまでもあるまい。

あっという間に一人は宙を舞い、一人は脾腹《ひばら》を打たれて白目を剝《む》いて――。

「へ、へい……。ようくわかりましたでございます……」

やがてお山の東三が、この後、おさよという名は忘れますと泣き叫びながら誓った時には、用心棒二人を含めて、全員が家の内外でのたうっていたのであった。

後は、網結の半次が北町奉行所へうまくはかって、騒ぎを起こした東三は、あれこれ取り調べられる手はずとなっている。

これによって、もうおさよのような泣きを見る女もいなくなるであろう。


「それで庄さん、高輪の方は落ち着いたのかい」

それから数日が経った夕暮れ時。この日は朝から高輪〝まつの〟に出向いていた竹中庄太夫を、竜蔵は行きつけの居酒屋〝ごんた〟に久し振りに誘った。

芝田町二丁目の稲荷社の隣にあるこの店は、相変わらず何を食べても美味《うま》い。

主の権太《ごんた》は五十を過ぎたが、昔から入道頭であったから、まったく変わったようには見えない。

その権太が竜蔵と庄太夫の定席の小座敷に、鱚《きす》や穴子の天ぷらを次々と運んでくれた。

これにちょっと塩をふり落し、ひょいと指でつまんで口に放り込みつつ、先ほどから竜蔵はその後のおさよ、金太の様子を庄太夫に問うていた。

「はい。もう何も案ずることはございませぬよ……」

竜蔵が島次郎と英六を駕籠に乗せて、三ノ輪のお山の東三一家に殴り込みをかけていた頃。

庄太夫は舟の上でおさよとゆったりと語っていた。神森新吾は舳先《へさき》に座し、何も聞いていない風を装っていた。

〝丸重〟の主・重右衛門宛に代筆をしたのがきっかけで今度の一件が明るみに出たのだと、庄太夫が順を追って話すうちにおさよの興奮も収まり、やがておさよはただただ己が情けなさに涙した。

まるで島次郎の邪な想いを見抜けずに、あまつさえ、あんな非道な男を金太の継父にしようと思っていたとは、あまりに愚かではないか。

恋は盲目というが、自分には金太という大事な息子がいるのである。どんな時でもしっかりと目は見開いていなければならないのだ。

今にして冷静に物を思えば、一所に落ち着いていない小間物の行商など、旅をしているのか、売りとばす女の物色をしに回っているのか知れたものではなかった。

「わたしは金太に合わせる顔がありません。いっそこのまま大川へ飛び込んでしまいとうございます」

こんな自分が高輪へ戻ったとて、金太のためになるのか。幸いにも五両の金は残った。これをお常に渡してくれたならば、自分は今すぐにでも姿を消す。その方が好いのではないかと、おさよはくどくどと語ったという。

これを庄太夫から聞いた時は竜蔵も、

「なるほどな。だが、この世に母親は一人だ。消えちまって好いはずはねえものな……。だが、さすがは庄さんだ。おれなら宥《なだ》めるのが面倒になって、手前《てめえ》が川へ飛び込みたくなっちまうぜ……」

と、感じ入ったものだ。

舟上、庄太夫は根気よく宥め諭した。

「何を恥じることがあるものか。一年ばかり帰るのが早まって、金坊は大喜びをしよう」

「いえ、わたしは、母親であることを忘れて女になってしまった身です」

「そなたは母親でもあろうが女じゃ。そのどこが悪い」

「子のためにしたことを、そっくり悪い男に持っていかれそうになったのです」

「母ゆえに女になったのじゃ」

「まだ幼い子には、好い父親がいれば何かと頼りになる。金坊にとっても幸せではないのか……。その想いがあったればこそ男に目がいったのじゃよ。そのことは忘れてしまうがよい。わたしはもう忘れてしもうたよ」

「でも、いくら取り繕っても、あの子が大きくなった時、わたしのあやまちに気付くはず……。それを想うと……」

「気付いたとて、知らぬ振りをして、その時の母を想い、そっと涙する……。金坊は大きくなればそれくらいの度量と思いやりを持つ男になっていよう。何と申して、大人が読めぬと諦めた文を、そなたの息子は見事に読んだ。大したものじゃ。この先、育て甲斐《がい》があるのう」

やがて高輪に着く頃には、おさよの悲愁は消えていた。

――わたしはまだまだしっかりと、息子を育てなければならないのだ。

その母の力強さに充ちていた。

「おっ母さん！」

〝まつの〟で母の帰りを待っていた金太にとびつかれても、喜びこそすれ、もうおさよは泣かなかった。

「金太！　思いの外、早く帰ってこれたよ。これからはお前が世の中に出ていくまでは、おっ母さんは、ずうっと一緒だよ」

抱き締める声も姿も、強い母のものであった。

そして数日が経って、今日、庄太夫が〝まつの〟を訪ねてみると、おさよは元気にお常と立ち働いていた。

おさよ、金太母子はお常が住んでいた長屋に暮らし、お常は〝まつの〟の奥の一間に住むことになり、新たな奉公先がみつかるまではと、今は〝まつの〟を手伝っているのだという。

「奉公先の口は見つかりそうかい」

竜蔵が問うた。

「はい。そこは真砂屋《まさごや》由五郎《よしごろう》が胸を叩いてくれましたから……」

由五郎は牛町の口入屋の親方で、昔、庄太夫が浅草誓願寺門前で暮らした頃の昔馴染である。

かつては蚊蜻蛉のような庄太夫を〝ぼうふり〟と苛めたが、今では峡竜蔵の乾分を気取り、庄太夫とは仲が好い。

「ふふ、そうかい。由五郎は馬鹿だが、胸を叩いたからは何とかする奴だ。任せておきゃあいい」

竜蔵は相好を崩し、

「だが、考えてみれば、子を持つってことは大変だなあ」

つくづくと言った。

「はい、人は子供のために、大事な金も時も費さねばなりません。子供がいなければ成し得た幸せもあれこれあったはずなのに、それを辛抱してしまう。親は哀れでございますな」

「まったくだな。子を育てるため、時に、親は夢を捨てねばならぬ、か」

「それは誇れることではありますが、先生には、鹿之助殿を立派に育てつつ、己が剣俠の道をまっとうしていただきたいものでござりまする……」

「うむ、そうだな……。まったくだ。この先、鹿之助のためにこうなっちまった……、なんて愚痴が出ねえように気をつけよう……」

竜蔵と庄太夫は、二人で子について語るようになったかと、感慨深く互いに頷いた。

だが、この二人にはいつまでもしかつめらしい表情が続かない。

すぐに竜蔵はニヤリと笑って、

「そんなことより、庄さん、今度のことで、また、〝まつの〟の女将に好いところを見せたね。よう、この色男。代書屋！」

と、覗《のぞ》き込むような目を向けた。

「ははは、好いところなど何も……」

途端にしかつめらしく語っていた庄太夫の顔が赤くなりあたふたとした。

「ごまかしてもだめだぜ。本当のところはどうなっているんだい、お葉とかいう女将とよ」

「いや、どうと申されましても……」

「そこんところをじっくり聞きたくて、今日は〝ごんた〟に誘ったのさ」

「いや、それは困りましたな……」

「おれと庄さんの仲じゃあねえか。どうなんだよ。こいつはまだ飲み足りねえようだな」

「いやいや、もうお酒はたっぷりと……」

庄太夫の顔が耳の先まで赤くなった時、そこへ権太がやってきて、

「へい、井戸で冷やした冷てえのをどうぞ……」

と、伏見《ふしみ》の酒がたっぷり注《つ》がれた片口を、二人の前にとんと置いた。

第二話　夫婦剣法

一

梅雨もあがり、連日夏の強い日射《ひざ》しが峡道場の稽古場《けいこ》に注がれている。

防具を着けての稽古で直心影流剣術を修める者達にとってはこれから厳しい日々が続くのだが、この季節を乗り切ってこそ成長するのである。

「気合を抜くな！　苦しい時こそ声を出せ！」

見所から門人達を叱咤《しった》する、峡竜蔵師範の声にも力が入った。

かける言葉は厳しいものの、竜蔵が門人を見る目はやさしい。

竜蔵の薫陶《くんとう》を受けて、門人達は蒸し風呂の中で動き回っているかのような夏の猛稽古にも決して音をあげない。

「こんな時は、己が体がどこまで動くのか、それを試すのが楽しくなったもんだ……」

常々、竜蔵はそんな若き日の自分を道場で語っている。

人間、あまりにも苦しい目に遭うと、それでも尚《なお》体を動かして剣を揮《ふる》おうという自分がおかしくなってくると言うのだ。

師のこういう境地に達してみたいと思う門人達は、誰もがふらふらになりながら頬《ほほ》笑《え》んでいた。

面鉄《めんがね》越しに弟子達の表情を確かめて、

——ふッ、ふッ、かわいい奴らだぜ。

と、満足しつつも、己が体の限界を試すうちに気を失って倒れてしまう者も時に出てくるゆえに、竜蔵は絶えず気を配っていたのである。

今にも二、三人が失神してしまいそうだと判じた竜蔵は、

「よし！　一旦《いったん》、防具をとって風に当たれ！」

と、絶妙の間で休息を命じた。

ちょうどその折を見はからったかのように、竹中庄太夫が見所に来客を告げにきた。

このような夏の稽古には、まず出たことがない庄太夫である。

「まずわたしの場合は、死に繋《つな》がりますゆえに、御容赦のほどを……」

この言葉を十年言い続けているのだが、竜蔵は庄太夫に限らず、相手が若く生きの

好《よ》い若武者であっても、体調に異常のある節を覚えれば猛稽古には加えない。

自分に出来たことが弟子にも出来ると思ってはならない――。

この十年で竜蔵が指導者として学んだことなのだ。

庄太夫はというと、自分も若い頃は生きるか死ぬかの稽古を潜《くぐ》り抜けてきたという顔をして、新参の弟子などには接しているのがおもしろいのだが、峡道場に人が出入りすればするほど、応待上手の彼の存在が頼もしい。

来客は、九州豊後《ぶんご》で五万石を領する豊津《とよつ》家の江戸留守居役・丸山蔵人《まるやまくらんど》からの使いであった。

丸山蔵人と峡竜蔵、竹中庄太夫との交誼《こうぎ》は長い。

庄太夫が、まだ一人も弟子のいない峡道場に入門を願い出た折に、仇討《あだう》ちをせんと江戸にやってきた武士に剣術指南をするという、儲《もう》け仕事を持ち込んできたことがあった。

その武士が黒鉄剣之助《くろがねけんのすけ》という、豊津家の家臣で、竜蔵の助太刀によって見事本懐を遂げたことから、丸山との付き合いが始まったのである。

丸山は竜蔵に、豊津家江戸屋敷への出稽古を勧めてくれたが、当時はまだ己が未熟を恥じて、竜蔵は丁重にこれを断った。

その後、大目付佐原信濃守《さはらしなののかみ》邸への出稽古を務めるようになり、団野源之進との仕合の後は、直心影流の道統を受け継ぐ赤石郡司兵衛《あかいしぐんじべえ》からの要請で、諸方の大名、旗本家に出稽古に赴くようになった竜蔵であったが、未《いま》だに豊津家での剣術指南が出来ぬままに時が流れていた。

人の付き合いには間というものがあり、ここ数年は豊津家の方でも、神道無念《しんとうむねん》流の剣豪・岡田十松《おかだじゅうまつ》を指南役として迎えていたから、竜蔵に出番はなかったのだ。

それでも、縁というものは不思議で、昔、亡師・藤川弥司郎右衛門の供をした旅の道中に知り合い世話をしてやった取的《とりてき》が、豊津家お抱えの剣竜長五郎《けんりゅうちょうごろう》という名代《なだい》の関取になったこともあり、丸山蔵人との交誼は絶えなかったのだ。

使いの者は、丸山の口上だけを述べて帰るつもりであった。それが峡竜蔵本人が出てきたので恐縮したが、庄太夫にしてみても、丸山蔵人からの使者となれば、粗略には出来なかった。

丸山の言伝《ことづて》は、是非お話ししたい儀があるゆえに、近々、豊津家上屋敷までご足労願えぬかというものであった。

その内容については、何も聞かされていないとのこと。

だが、その折は竹中庄太夫と訪ねてくれたならばこの上ないと言っているというから、丸山蔵人は何かを企んでいるようだ。

大名家の江戸留守居役は、付き合い上手でないといけないので、趣味人で多芸の者が多い。

丸山もその口であるから、何か趣向があるのかもしれない。

そうと聞くと、竜蔵は興味が湧《わ》いてきて、

「明日の朝四ツ（午前十時頃）に伺いまするど、丸山殿にお伝えくだされい」

と、使者に心付けを渡して、すぐに約束をした。

「いったいどんな趣向があるんだろうな……」

それから、竜蔵は一日中落ち着かずに、庄太夫相手にあれこれ想像を巡らせた。

庄太夫と一緒にきてくれというのは、もしや混み入った話ゆえに、知恵者の庄太夫を伴ってということか――。

それとも古い付き合いゆえに、庄太夫なら知っているであろう思い出に関することなのか――。

庄太夫はというと、先頃、指南役を務めていた岡田十松が役儀を辞したようだという情報を仕入れていて、

「もっと堅い話かもしれませぬぞ……」

改めて竜蔵に出稽古の要請をするのではないかと予想した。

岡田十松は、方々に出稽古先を抱えていて、元々三年の条件で引き受けていたというから、その退任は予定通りのことであった。

だが、世に名高い岡田十松が三年の間出稽古を務めたのであれば、豊津家家中には神道無念流の剣術はしっかりと浸透しているはずである。

改めて、直心影流の指南を請うとも、竜蔵には思えなかった。

ともあれ、翌朝に峡竜蔵、竹中庄太夫の師弟二人は、駿河台《するがだい》にある豊津家上屋敷に丸山蔵人を訪ねた。

二人は御勝手門から内玄関へと通され、その脇にある八畳の間で丸山と再会した。

この十年で髪に白いものが増えたが、人当たりの好い実直そうな面相はまるで変わらず、能弁で若々しい声も健在だ。

「これは峡先生、御足労をおかけいたしました。竹中殿もよう参られたな……」

「一別以来でござりました。竹中庄太夫共々お招きいただき、いったい何事かと気を揉《も》んで参りました」

「ふふふ、ちと驚かそうと存じましてな」

「御留守居役がそう申されるならば、まず驚きとうござりまする」

竜蔵はしびれをきらしたように、真直ぐな目を丸山に向けた。

「これは勿体《もったい》をつけてしまいましたな。御容赦くだされ」

丸山はすぐに、今一人家中の士をこの場に呼んだ。

やってきたのは三十半ばの穏やかな侍であったが、その姿を見た途端、

「おお、これは……」

「何ともお懐しゅうございまするな……」

竜蔵と庄太夫は口々に感嘆の声をあげた。

侍は、黒鉄剣之助――。

十年前、竹中庄太夫によって、峡竜蔵を紹介されその助けを得て、兄・剛太郎《ごうたろう》の仇・水橋壱岐《みずはしいき》を討ち取った件の豊津家家中の士であった。

仇討ちを成就させた後は、国表に帰参が叶《かな》い、兄の跡を継いで郡《こおり》奉行を務めていた。

もう江戸に出てくることもなかろうと、竜蔵と庄太夫は、時折遠く九州から届く便りにその動静を確かめていたのだが、今日会えるとは夢にも思わなかった。

「この度、出府を仰せつかりまして……」

剣之助は満面に笑みを浮かべて、懐しそうな目を竜蔵と庄太夫に向けた。

十年前、庄太夫に連れられて初めて峡道場にきた折は、〝黒鉄剣之助〟という名に

思い切り名前負けをしている〝末生り瓢箪〟《うらなりびょうたん》のごとき弱々しい武士であった。

それが今は、仇討ちを遂げた自信と、この十年間、兄の遺志を継いで国の百姓達と共に田を切り拓《ひら》いた苦労が鍛えてくれたのであろう。顔も日に焼け、体付きも引き締まり、なかなかの男振りとなっていた。

「うむ、立派になられた。一目見ただけでわかりますぞ」

竜蔵は何度も頷《うなず》いて、感嘆の声をあげた。

「いえ、野良仕事に明け暮れていただけでござります。先生こそ、剣術指南の風格が身につかれて……。竹中殿もまたすっかりと剣客の佇《たたず》まい……。感服仕《つかまつ》りました」

剣之助は恥ずかしそうに俯《うつむ》くと、彼もまたしみじみと感じ入った。

やさしく穏やかな気性もそのままのようである。

久々の再会を、丸山蔵人はニヤニヤとして見ていたが、

「郡奉行としての勤めぶりは申し分がござらぬでな、殿におかれては、黒鉄剣之助を出府させ見聞を広めさせるようにとの思《おぼ》し召しでござる……」

黒鉄剣之助が江戸に来た経緯を嬉《うれ》しそうに語った。

剣之助の兄・剛太郎は農学に精通していたが、それがかえって災いして、豊津城下に逗留《とうりゅう》していた農学者・水橋壱岐に騙《だま》し討ちに遭い、新田開発のための公金を奪われ

た。

剣之助は亡兄が残した教訓を頭に農学を懸命に学び、領内での農政にその成果をあげた。

豊津豊後守は、元より江戸で兄の仇討ちを果した剣之助に目をかけていたから、

「江戸でさらに精進をいたせ」

と、自らの出府に先立ち、剣之助を定府として江戸へ送ったのである。

その役儀は、江戸屋敷学問師範と、下屋敷での野菜の栽培指南であった。

また、江戸にいる学者達と交誼を深め、新たな知識を吸収するようにという、遊学の意味合いも含まれていた。

江戸へ来てから一月が経《た》ち諸々《もろもろ》落ち着いたので、丸山が気を利かせ今日の再会となったのだ。

「それは大したものでござりまするな。見聞を広めるために定府となられたというは、いかにお殿様のお覚えがめでたいかが窺《うかが》えまするぞ」

庄太夫は興奮気味に言った。十年前、自分が黒鉄剣之助を峡竜蔵の前へと連れていったことが、今に繋がっていると思うと嬉しくて堪《たま》らない。

「すべては竹中殿のお引き合わせで、峡先生と会えたればこそ。真に御礼の申し上げ

ようもございませぬ」

剣之助は、庄太夫の喜びようが嬉しくて、改まって頭を下げた。

「礼などは御無用に……。もう何度も文に認《したた》めてありましたよ……」

竜蔵は、そんな剣之助を制して、

「そんなことより、お蔦《つた》殿は息災かな。こ度の出府には付いてきてはおらぬのかな」

剣之助との思い出話には忘れてならぬ、彼の恋女房の今を問うた。

「はい、それはもう……」

少し照れくさそうに応《こた》える横から、

「ならば、河岸を替えるといたしましょうぞ。我が娘は今酒肴《しゅこう》を調え、御長屋で御両所をお待ち申し上げているところでござる」

丸山蔵人が高らかに笑った。

二

「ほほほ……。先生も竹中様も貫禄《かんろく》……、でございますねえ」

ほがらかな武家女房の声が、上屋敷内の御長屋の一間に響き渡った。

「何の、お蔦殿も武家の御新造が板に付いたではないか」

竜蔵の話しぶりもくだけてきた。

「武家の御新造などとんでもない……。これも世間様の手前を取り繕うための、芸でございますがな……」

お蔦の口から、懐かしい上方訛《かみがたなまり》も出た。

黒鉄剣之助の江戸屋敷での住まいは、豊津家上屋敷御本殿外の御長屋の一軒を与えられていた。

その一角は、江戸家老、留守居役、用人などの住まいの並びで、広間が付随するなかなかに広い家であった。

学問指南の役儀を務める上で、人の出入りも多いだろうし、時には講義を開けるようにという御家からの配慮であった。

黒鉄剣之助はここに、妻子と奉公人と共に越してきた。

子は七つになる息子と、五つの娘で、妻のお蔦との間に国表で儲けていた。

お蔦は武家の出ではない。大坂で曲文字書きの芸人をしていたのだが、処《ところ》のやくざ者をからかったことで町にいられなくなって旅に出たところ、仇討ちの行脚を続ける剣之助と知り合った。

尾羽うち枯らし、伊賀上野《いがこうずけ》で行き倒れた剣之助を、お蔦が助けたのだ。

二人はやがてわりない仲となり、お蔦は仇を求める剣之助の手助けをして共に旅暮らしを続け遂に、江戸で本懐を遂げた。

十年前、竜蔵への謝礼の金子二両を工面したのもお蔦で、黒鉄剣之助が今日あるのは、峡竜蔵、竹中庄太夫はもちろん、なによりお蔦あってのことであった。

とはいえ、帰参が叶った剣之助に、お蔦は通りすがりの女芸人の身が武士の妻にはなれぬと、潔く身を引こうとしたのだが、大人しい剣之助も、お蔦と一緒になれぬのなら、

「私はこの場で腹を切る！」

と、言い放ちこれを許さず、二人は晴れて夫婦となった。

お蔦の献身を耳にして、豊後守も好きにはからってやれと丸山蔵人に命じ、丸山がお蔦を己が養女としてやったのである。

辛《つら》い浮世を二人で渡り、一緒になった夫婦である。仲睦《なかむつま》じさは今も変わらず、真に見ていて頬笑ましいが、元は大坂の見世物小屋で芸をしていた女が、八十石とはいえ郡奉行の妻となったのだ。

剣之助の仇討ちを女の身で助太刀した挙を称《たた》え、親切にしてくれる者もいたであろうが、それ以上に、やっかみから芸人上がりを蔑《さげす》み、揶揄《やゆ》する者もいたに違いない。

庄太夫は元よりそれを案じていたし、年を重ねる毎に思慮が身についてきた竜蔵にも、今こうして飾らずに二人との再会を手放しに喜ぶお蔦が、この十年重ねたであろう苦労が窺い知れる。

「宮仕えの女房ってえのも、なかなか一筋縄ではいかなかっただろうねえ……」

お蔦が拵《こしら》えてくれた、鯉《こい》の洗いと烏賊《いか》田楽で酒が進み、留守居役の前ながら竜蔵はもうすっかりと打ちとけた物言いとなって労《ねぎら》った。

「いえ、そのような苦労などは露ござりませなんだ……」

お蔦は武家の婦人らしく居ずまいを正したが、

「何と言いましてもな、わては御留守居役様の娘ですよってに……」

と、遠慮のない言葉で返してきた。

「はッ、はッ、とんでもない娘を持ったものじゃ!」

丸山蔵人が楽しそうに続けた。

付き合い上手で社交的でなければ江戸留守居役など出来ない。丸山は賑《にぎ》やかで楽しい酒宴が好きで、もう十分武家女房らしくなったが、時として愉快な浪花《なにわ》女になって客をもてなすお蔦を随分と気に入っているようだ。

この十年の間に、丸山が国表へ所用で出かけたのは二度だけであったから、養女と

いってもほとんど顔を合わすことがなかっただけに、

「本当のところは、某《それがし》も少しばかりはしゃいでおりましてな……」

丸山は、今日この夫婦に峡竜蔵と竹中庄太夫を引き合わすのを随分と楽しみにしていたのだと打ち明けると、

「この先も、父上共々よろしゅうお願い申します」

これにお蔦が軽妙に続けた。

「これ、お蔦……」

剣之助が見かねて窘《たしな》めた。

ちょうどそこへ、剣之助の息子・剛之助《たけのすけ》と娘・棗《なつめ》が挨拶《あいさつ》に入ってきたのである。

お蔦は一変して取り澄まし、

「これ、剛之助、棗、御挨拶をしや……」

とにこやかに頷いてみせた。

その変わり様がおかしくて、竜蔵、庄太夫、丸山は腹を抱えた。

お蔦のこういう変化はいつものことなのであろう。剛之助、棗はまるで動じずに、姿勢を正すと、客達に深々と頭を下げたのである。

黒鉄剣之助、お蔦夫婦の健在ぶりをしっかりと確かめて、竜蔵と庄太夫は再会を約して屋敷を辞した。

「庄さん、これでまた何やら身の周りが賑やかになっていいねえ」

帰りの道中、竜蔵はほろ酔いに顔を綻《ほころ》ばしたものだが、庄太夫はというと少し思い入れをして、

「わたしは、今ひとつ解せぬことがございます……」

と、夫婦について語った。

「お蔦殿がちと、はしゃぎ過ぎていたような」

「そうかい？　あの御新造は元々あけすけで賑やかな女だ。客が客だけに盛り上げようとしてくれていたのさ」

そもそも剣之助は、陰気ではないが、それほど気の利いたことのひとつ言える男ではなかった。

それを助けての座持ちの好さではないかと竜蔵は言った。

「わたしもそのようには思ったのですが、それにしても助け過ぎではなかったかと……」

十年前はまだ旅の芸人で、上方訛で放談し、竜蔵と庄太夫を笑わせたり、剣之助を

尻《しり》に敷く女の強さを見せつけ、男達を閉口させたお蔦であるが、ここ一番はしっかりと剣之助を立てる女であった。

座を盛り上げるのは好いが、出過ぎると良人《おっと》の存在を小さくしてしまう恐れがある。

もう今は武家の女房であるのだから、その辺りの加減はよく心得ているはずではないか――。

「なるほど……」

竜蔵は庄太夫の言葉に相槌《あいづち》を打った。

楽しい酒宴であったので、あまり気にはならなかったものの、そう言われてみると、剣之助の口数は随分と少なかったような気がした。

「これはわたしの考え過ぎかもしれませぬが、剣之助殿は何か屈託を抱えているのではござりませぬかな」

「それで元気がないのを気付かれねえように女房の自分がはしゃいだ……。庄さんはそう言いたいのかい」

「はい……」

「うむ、そうだとすれば、ちょいと気になるな……」

竜蔵は首を傾《かし》げたが、庄太夫の予想は当たっていた。

それから数日後。

お蔦が道場を訪ねてきたのだ。

「先だっては、騒々しいことで申し訳ございませんでした……」

お蔦は女中を一人従えて、下屋敷で採れたという枝豆を手土産に、相変わらず明るい声で、応待に出た竜蔵と庄太夫に頭を下げた。

「清兵衛の親方にご挨拶をと思いまして……」

十年前の仇討ちの折。

お蔦は芝神明の見世物小屋〝濱清《はませい》〟に、和泉信太夫《いずみしのだゆう》の名で出て逗留の費用を稼ぎ、人通りの多いところに通うことで仇の手がかりを探ろうとした。

その折は、芝界隈《かいわい》を取りしきる香具師《やし》の元締・浜の清兵衛にあれこれ世話になった。

今は、金杉《かなすぎ》橋北詰の釣り具屋〝大浜《おおはま》〟に清兵衛を訪ねての帰りなのだとお蔦は言った。

「そうでしたか。親方は驚いていただろうねえ……」

清兵衛は、もう七十半ばになっていて、稼業の束ねは右腕と言われた舵取《かじと》りの浪六《なみろく》に任せているものの、今でもその威勢は芝で衰えず、達者な好々爺《こうこうや》ぶりも変わっていない。

「おやおや、こいつはもうすっかりとお武家様におなりになった……。などと驚かれたので、いえいえ中身は何も変わっておりまへん……、と返しておきました」

「はッ、はッ、そいつは喜んでいただろう」

「はい……」

「それで、道場にも立ち寄ってくれたのでござるか」

竜蔵は少し改まった口調で言った。

「初めからそのつもりでございました。町で暮らしていた頃とは違い、武家の妻となればなかなか外出《そとで》をすることもできませぬゆえに、懐かしいお稽古場の方もお訪ねしておこうと」

「あの頃から見ると見違えたでござろう」

庄太夫が誇らしく言った。

「それはもう大したもので、お稽古場が賑やかなので驚きました」

「今思うと、あの時は稽古場にいる者といえば、押しかけ弟子の庄さんの他は、お才《さい》だけであった……」

十年は一昔と竜蔵は懐かしんだ。

「そうでございました。そのお才さんのことをお伝えするのをすっかりと忘れておりまして……」

「おオのことを……」

「師匠に会われたのですかな」

庄太夫は身を乗り出した。

かつて一人の門人もいなかった頃、竜蔵は昔馴染《むかしなじみ》である常磐津《ときわず》の師匠・お才が持ち込んでくれた喧嘩《けんか》の仲裁などで糊口《ここう》を凌《しの》いでいた。

そのお才は、竜蔵への思慕を断ち切り、今は大坂で常磐津の修行に励んでいる。

そのことは、九州豊後からの黒鉄剣之助の文への返信で報《しら》せてあった。

かつて〝濱清〟に曲文字書きとして出演した時、お才はお蔦の芸に三味線の伴奏を入れて手伝ってやった。

それゆえに、この度の出府に際して、お蔦は剣之助と共に道中大坂で、島之内《しまのうち》に稽古場を構えるお才を訪ねたのであった。

「お才さんはあの日と変わらぬご様子で、江戸のお人が珍しいのか、お稽古場にはお弟子が溢《あふ》れておりました」

「そうでござったか。それは何より……」

時折は峡道場にも便りが来るゆえ、竜蔵も庄太夫も、そのような近況は知っていた。

実は大目付・佐原信濃守の娘であるお才をそっと見守りに、佐原家を致仕して大坂で暮らす竜蔵の友・眞壁清十郎《まかべせいじゅうろう》からも文は届いていた。

清十郎は、同じ島之内で寺子屋の師匠となり、何くれとなく女独りの身であるお才の相談に乗っているのだが、未だにお才への恋慕を封印しているようで、竜蔵はじれったい想《おも》いをしていた。

「お才の奴に、少しは浮いた噂《うわさ》など見当たりませせなんだかな」

その後進展はないものかと、竜蔵は興味津々に訊《たず》ねたが、

「さて、おもてになるようですが、まるでそういう気配はないようで……」

やはりお蔦の応えからも、それは見えてこなかった。

まどろこしく思いつつも、竜蔵は清十郎の実直さを思い出し、その健在ぶりに顔を綻ばせた。

「左様でござったか……」

眞壁清十郎の話は持ち出すまでもなかろう。

竜蔵はお才の兄貴分として、

「よくぞ寄ってやってくだされたな……」

と、すぐに話を閉じた。

庄太夫はというと、お才に会った話を夫婦共にし忘れたとは、竜蔵、庄太夫との久し振りの再会に気が昂《たか》まっていたとはいえ、よほど心にゆとりがなかったのではないかと、思いを巡らせていた。

そこへ、竜蔵の妻・綾が、息子の鹿之助と共に、竹中庄太夫の養子となった内弟子の雷太を伴い、茶菓を供しにやってきた。

「これはお初にお目にかかりまする……！」

お蔦が一通りの挨拶を賑やかに交わし、やがて三人が再び退出した頃合を見計らって、

「お蔦殿、何か先生に伝えておきたい儀があるのではござらぬかな……」

庄太夫はにこやかに、はっきりと問いかけた。

三

「ほう、この沈丁花《じんちょうげ》、懐しゅうございますねえ……」

峡道場の庭に生える低木を見て、黒鉄剣之助は頬笑んだ。

「覚えていてくれましたかな」

峡竜蔵が小さく笑った。

「覚えておりますとも。先生に稽古をつけていただいたものの、転んで頭を打って気を失って、そこの井戸で水を浴びせられました……」

「ふふふ、そうでござったな……」

「正気に戻って、まず目に入ったのがこの沈丁花でござりました」

「あの時、某は剣之助殿に上手《うま》く剣術を教えられなんだが、剣之助殿は某に、この木が沈丁花であることや、花の煎《せん》じ汁で出来物を洗うと腫《は》れが引くことなど教えて下された。それで己が不甲斐《ふがい》なさに随分と悩んだものでござる」

「いえ、剣術下手で、御迷惑をおかけいたしました……」

お蔦が峡道場を訪ねた後、竜蔵はすぐに丸山蔵人と黒鉄剣之助に文を送った。

丸山には先日の礼、剣之助にはお蔦の来訪の礼と、是非、当道場にもお立ち寄りくだされたいという趣旨を認めたのであった。

剣之助はその場で三日後にお訪ねいたしますと返書を認め、この日、小者《こもの》一人を従えてやってきた。

江戸に来たのはあらゆる見聞を広め、農政に活かせるようにとの主君からの命によるものである。それゆえ、剣之助は外出をしやすい立場にあった。

先日は、あれこれ所用があって、お蔦を使いにやったが、いずれ近いうちに懐しの

峡道場に行ってみたいと思っていたところに竜蔵からの文が届いたので、

「早いうちにお訪ねになった方がよいかと……」

お蔦にも強く勧められてきたという。

竜蔵がすぐに剣之助に文を認めたのは、お蔦が道場を訪ねて来た折、彼女から剣之助についての相談を受けたからである。

竹中庄太夫が見た通り、お蔦は剣之助の身を案じていた。

剣之助が、出府する少し前くらいから、何かに思い悩んでいるような気がするというのである。

剣之助は黒鉄家の当主となった自覚からか、心に屈託を抱えたとて、妻子、奉公人達に心配をかけまいと平静を装うようになっていた。しかし、その装い方が下手で、押し黙っているかと思うと妙に明るくなったり——お蔦にはすぐにわかるのだ。

これが十年前なら、

「ちょっと、あんたは何か嫌なことでもあるのんか？　言わいでもその顔を見たらわかるがな。何か悩み事があるのやったら言うてみいな。早よ言わんかいな！」

などとあけすけに訊《き》いたであろう。

しかし、黒鉄剣之助は今や豊津家家中においてもそれなりの身分となっている。

子や奉公人の手前もある。

二人だけの時には、昔の上方訛を交えながら、主人を盛り上げるような物言いもするが、心配をかけまいとしてくれているのであるから、剣之助が抱えている屈託には触れないでおこうと思うのだ。

――まあ、そのうちに収まりますやろ……。

黙って放《ほう》っておけば、大抵の場合、そのうちに剣之助の屈託も消えてなくなるのだ。

お蔦はそう考えて、見て見ぬ振りをした。

ところが、この度はどうも収まる気配が見られない。

これは誰かに頼んで、男同士、そっと聞き出してもらうのが一番好いと判断したものの、まだ江戸に来たばかりで、お蔦に頼れる人もいなかった。

丸山蔵人は何かと気にかけているが、養父といっても形だけで、丸山は江戸留守居役である。おかしな相談を持ちかけて、剣之助への不審がもたげてはならない。

となれば、十年前に親身になって仇討ちの助太刀をしてくれた峡竜蔵、竹中庄太夫を再び頼みとするしかなかったのである。

縋《すが》る想いで道場を訪ねてみると、驚いたことに竹中庄太夫にはお蔦の想いがお見通しで、

「妻の口からは言い辛いこともござりましょう。まず、先生とわたしで訊ねてみましょう」

向こうの方から問いかけ胸を叩《たた》いてくれた。

お蔦はそんな話を峡道場でしたとは一言も言わず、竜蔵から文がきた折に、すぐに道場を訪ねるようにと勧めたのである。

今、剣之助は峡道場の庭へ出て、竜蔵と沈丁花を眺めている。

あの日剣之助が、仇討ちをするには余りにも自分の剣の腕が非力であると思い知らされたのがこの庭であった。

そして竜蔵にとっては、この木が沈丁花であると剣之助に教えられて初めて知ったのに、自分は剣之助にまるで剣術を教えられないでいることに大いに悩んだところであった。

「この身ができたことを、誰もができるとは思うな……。剣之助殿によってそれを思い知った。某にとっては大事なことでござった」

「そう言ってくださるとはありがたい……」

「思えば某の初めの弟子は黒鉄剣之助でござった」

「畏《おそ》れ入りまする」

「そして、弟子の身に何か出来《しゆつたい》いたさば、何がさて、師としてそれを助ける……。それが峡竜蔵であると、覚えていてもらいとうござる」

「先生……。今のお言葉、何よりの力となりましてござる」

「言葉だけでは力にならぬ。何か心に屈託を抱えた時は、きっと……」

「はい」

剣之助は実に嬉しそうな目を竜蔵に向けた。

「だが、その前にまず、お蔦殿に何もかも打ち明けられるがよい」

「お蔦に……」

「余の女房達はいざ知らず、あの女房殿は、ちょっとやそっとであたふたとはせぬ強さを持っておいでござるよ。心配をかけとうはない……、そんな想いは持たぬことじゃ」

竜蔵はほのぼのとした笑みを剣之助に返した。

剣之助は、その途端ふと何かを悟った表情となって、

「よくわかりました。先生、それならばまず、今日は一旦屋敷へ戻りまた出直して参りまする……」

にこやかに頷くとすぐに道場を辞した。

「先生、わたしを弟子と思うてくだされるならば、この後は、剣之助、と叱《しか》りつけるような物言いでお付き合い願います」

その際、剣之助は晴れやかな表情で竜蔵に頭を下げた。

この度の剣之助の訪問に際しては、一切口出しをしなかった庄太夫であったが、玄関先で竜蔵と共に彼を見送りながら、

「どうやら剣之助殿はお蔦殿に心の内を見抜かれていることに、やっと気付いたようでござりまするな」

ぽつりと言った。

「うむ、おれに言われた通り、わざわざ出直してくるなどと、ほんに律儀な男だ」

竜蔵は楽しそうに笑った。

「あら……、黒鉄様はもうお帰りでございましたか……」

何やらわけがわからないと、綾が玄関先へと小走りできた時、黒鉄剣之助の後姿は既に消えていた。

もう言うまでもあるまいが、剣之助は心の内にある屈託を抱えていた。

それは、剣之助にとっては真に厄介な〝武士の面目〟に関《かか》わる悩みであった。

それゆえ、そんな話を十年経ったとはいえ、まだ武家の暮らしに慣れぬままに、子

の面倒を見て、躾《しつけ》をして、奉公人達の差配をしなければならないお蔦に打ち明けるのは気が引けた。

だが確かにそうである。

自分の屈託を見抜けぬお蔦ではなかったし、ただ惚《ほ》れたというだけで、武家の男と共に仇を求めて旅を続け、これを支えて見事本懐を遂げさせた女なのだ。

心配をかけたくないなどとは真におこがましいことであった。

お蔦は、自分には一言も問わず、挨拶廻《まわ》りに託《かこつ》けて、峡竜蔵に主人の異変をそっと告げたのであろう。十年前とは違う、今の黒鉄剣之助を立てんとして――。

三田から駿河台まではなかなかの道のりであるが、九州の国表では、新田の開発に方々歩いた剣之助は健脚である、従う小者も同じで、半刻《はんとき》（約一時間）ばかりで剣之助は豊津家上屋敷へと戻った。

黒鉄家の御長屋は、表御殿の北側にある。

表御殿は所謂《いわゆる》〝政庁〟になっていて、武芸場には庭で繋がっている。

この武芸場の前を通り過ぎると、御長屋の棟が見えてくるのだが、これが剣之助にとっての鬼門なのだ。

「おお、これは黒鉄殿……」

体格の好い武士が、今しも剣之助を呼び止めた。

「尾長《おなが》殿……。これから稽古でござるか……」

剣之助は笑顔を取り繕った。

今、剣之助の目の前にいて、少しばかり絡みつくような視線を送っているこの武士こそが、〝屈託〟の元なのである。

尾長雄三郎《ゆうざぶろう》――齢《よわい》三十五。番方の組頭にて、神道無念流の遣い手である。

「黒鉄殿もどうでござる。江戸屋敷の武芸場の稽古はなかなか身につきまするぞ」

尾長の口調はどこか挑発的である。

「ああ、いえ、わたしなどは近頃、土いじりばかりしておりまして、皆様の足手まといになるだけのことでござりますれば……」

剣之助はかわすように言った。

「いや、見事に兄上の仇を討たれた御貴殿が、その剣の腕を腐らせてしまうというのはもったいのうござるぞ」

尾長は尚も剣之助に話しかける。

「もしや黒鉄殿におかれては、もう剣術などは、その辺りの者にさせておけばよい。などと思うておられるのかな」

「いえ、決してそのような……」

「それならば、一度武芸場にお越しなされませい。かねてより黒鉄殿と立合うてみたいと思うておりまするが、こう逃げられては残念この上ない……」

尾長は引き連れている四、五人の豊津家家中の武士に言って聞かせるようにして、しばらく剣之助に薄ら笑いを送りつつ、やがて武芸場へと入っていった。

剣之助の連れている小者は、平助《へいすけ》といってまだ二十にならぬ若さだが、耳の先まで顔を赤くして、主《あるじ》を馬鹿にされた悔しさを胸に堪《こら》えていた。

「平助、わかっているな……」

剣之助は、小さく笑って平助を窘めた。

家の者には誰にも言うなと無言の内に告げたのだ。

「はい……」

声にならぬ返事をして平助は畏まった。

彼のこの態度を見る限り、尾長雄三郎の剣之助への無礼な振舞は、江戸へきてから初めてではないことがわかる。

剣之助の気持ちがわかるゆえに一言も、お蔦や他の奉公人に話すことはなかったが、主想いの平助には腹だたしくてならなかったのだ。

「だが平助、お前の想いはよくわかっているつもりだし、ありがたいと思っているぞ……」

この日、剣之助はそう言って平助を労り、ぽんと肩を叩いた。

平助はたちまち顔を綻ばせて、

「旦那様にお気を遣わせてしまって、申し訳ございません……」

深々と頭を下げた。

平助は九州豊後の百姓の倅《せがれ》で、百姓達と共に汗を流し、新田を切り拓いた剣之助に心酔して、何かというと用を務めるうちに、剣之助が小者として取り立てた。

遥《はる》か遠い江戸へも、

「どうぞわたしも連れていってくださりませ」

と、懇願した平助である。その無念にも応えてやらねばならない。

剣之助は、やはりこのままには出来ぬと、ある決意を胸に御長屋の我が家へと帰った。

四

その夜。

子供二人が寝入った後、黒鉄剣之助は珍しくお蔦に酒の用意をさせた。

日頃は夕餉《ゆうげ》の折に、僅《わず》かな酒を楽しみ早々と床に入る主人の用命にお蔦は心が騒いだ。

今日は、峡竜蔵の誘いに応じて、剣之助は久し振りに峡道場へと出向いていた。

早速、その効果があったと、お蔦は確信したのである。

剣之助はというと、お蔦が主人の心を蝕《むしば》む屈託に気付き、それを峡竜蔵と竹中庄太夫に示唆して、本人に伝わるよう画策したと気付いたものの、それには一切触れずに、

「話せば人の悪口になると思い、わたしは今まで、お前には黙っていたが、江戸に来るにあたって、ひとつ気がかりがあったのだ……」

と、切り出した。

「はて、それはいったい何のことでしょう。聞きとうございます……」

主人の屈託など今初めて知ったような顔をして、お蔦は酌をした。

「尾長雄三郎……、こ奴がどうにも煩わしゅうてならぬ！」

剣之助は、はっきりとした口調で言った。何やら子供が親に友達の非道を言いつけるような心地がして気恥ずかしかったが、一言発すると晴れ晴れとした。

お蔦はそんな剣之助を実に嬉しそうな顔をして見つめて、

「尾長雄三郎……。聞いたことがございます。大した腕でもないというのに、剣術自慢が甚しいとか……」

剣之助に同調した。

お蔦も薄々わかっていた。尾長雄三郎なる家中の士が、剣之助を目の仇にしていることを。

剣之助はお蔦の同意によって俄然気分が昂揚《こうよう》してきた。

「奴は三年の間、国表で奉公をしたことがあった……」

十年前、兄の仇を討ち御家への帰参が叶った剣之助は、お蔦と夫婦となり九州豊後へと移り、ここで兄の跡を継ぎ郡奉行を務め多忙な日々を過ごした。

その二年後に、江戸から国表へと遣わされたのが尾長雄三郎であった。

尾長家は国表に本家があり、代々番頭を務めていたのだが、本家の当主・主馬《しゅめ》が体調を崩し、十分な奉公が出来なくなった。

それで、江戸屋敷において番方の組頭を務める江戸尾長家の嫡男・雄三郎が、まだ跡を継ぐ前のこととてその補佐を務めるようにと国表へ行くことを命ぜられたのだ。

尾長雄三郎はその頃から剣術に熱心であった。

古い家柄で代々番方務めをしてきた尾長家の嫡男であるから、家中では期待を込めて彼の剣術を称えた、それが尾長をその気にさせてしまった。

自分は家中一の腕で、いつかは江戸屋敷内の武芸場の師範を務める身なのだと思い込むようになったのである。

そんな尾長にとって、江戸で起きた、黒鉄剣之助の仇討ちは、あまり気分の好いものではなかった。

聞けば国表で郡奉行を務めていた黒鉄剛太郎が、水橋壱岐なる農学者に公金を奪われて殺害されたことによるものらしい。

しかし水橋壱岐を見事討った弟の剣之助は、噂では道中行き倒れたところを旅の女芸人に助けられたという軟弱な男であると聞いた。

実際、本懐を遂げた後に江戸屋敷に少しの間だけ暮らした剣之助を窺い見ると、

「何とも弱々しい奴ではないか……」

そんな風に見えた。

とはいえ、人一人を激闘の末斬《き》ったのである。家中では、剣之助の快挙をこぞって称えた。

尾長はこれを素直に受け入れられなかった。

「ふん、苦し紛れに繰り出した刀がたまさか相手に突き立ったのであろう」

ことあるごとに、尾長は剣之助の剣を腐《くさ》して認めなかった。

まだ一度も人を斬ったことのない尾長は、剣之助に人を斬り倒した実績があるのが悔しかったのだ。

自分も、仇討ちをする立場であれば、相手の助太刀二、三人共に己が刀で斬って捨てたであろうに――。

そんな想いが、黒鉄剣之助を完膚なきまでに叩きのめしてやりたいという憎しみに変わっていったのである。

剣之助にしてみると真に迷惑この上なかったが、帰参が叶った後、剣之助は国表に勤めたので、尾長雄三郎とは顔を合わすことがなかった。

それゆえに、尾長のそんな想いは叶えられぬままに歳月が過ぎようとしていた。そこにいかなる運命か、件《くだん》の事情により、尾長の国表での奉公が決まったのだ。

その間、二年の歳月が経っていたこともあり、尾長の剣之助に対する対向意識も薄れていたが、豊津城へ入れば武芸場で軽くあしらってやろうと考えていた。

ところが、肝心の黒鉄剣之助は、郡奉行として領内の隅々まで巡回していたので、なかなか武芸場に現れることがない。

尾長はこれが不満で、

「ふん、黒鉄剣之助は、土いじりしか能がないのか。仇を討った時の剣は、鋤《すき》や鍬《くわ》に変わってしもうたというのか」

などと声高に言い立てた。

この声はそのうちに剣之助の耳に届き、

「何ゆえわたしが武芸場で、尾長殿と立合わねばならぬのだ……」

剣之助はただただ当惑した。

兄の仇を討ったとて、武芸一筋で生きるつもりなどまるでなく、兄の遺志を引き継いで、御家の農政にその身を捧げるつもりでいた。

それなのに、水橋壱岐を討った時の様子を、何か寄合がある度に家中の士は皆、聞きたがった。

語らぬわけにもいかぬので、峡竜蔵という直心影流の剣客にあれこれと極意を学び、その助けを借りてひたすら相手を突くうちに、何とか本懐を遂げられたと語り、

「まずわたしは、あれこれと運が好かったのでしょう」

と、早々に話を切りあげたものだ。

ところが、そんな話が尾長に伝わると、

「うむ、ならばその極意とやらを後学のために見せてもらいたいものだな……」

とまた一人で盛り上がる。

郡奉行と番方とは勤めの形態が違うので両者が顔を合わせることは少ない。剣之助はそれを幸いに、尾長の挑発をやり過ごすことが出来た。

その一方で、尾長の耳には剣之助の武勇伝ばかりが入ってきて、いつまでも武芸場で相対することが出来ぬので、彼の苛々《いらいら》は増してきた。

ある日、ついに尾長は非番の日に、剣之助の仕事先に現れた。

そこは城下から五里ばかり離れた荒地で、剣之助は百姓達を指導しながら畑を耕やしていた。

「黒鉄剣之助殿……」

尾長は開墾地へずかずかと足を踏み入れて、

「今日は非番でな。ちと足腰を鍛えに外出をしていたのだが、おぬしに会えるとは思わなんだ……」

などと、見えすいたことを言ったかと思うと、

「おぬしには非番の日がないのか」

無遠慮に問うてきた。

「いや、頂戴《ちょうだい》しております」

「その日は何をしている」

「農学にまつわる書を読み、備えております」

「ほう、どうやらおぬしの備えとは、総じて野良仕事のためのもののようだ」

「いけませぬか……」

「ならぬとは申しておらぬ。だがおぬしは武士か、百姓か……。武士であればいざとなった時、主君のために働けるよう日頃武芸の鍛練をいたさねばなるまい」

尾長は何ゆえに武芸場に顔を出し、稽古にこないのかとたたみかけた。

「ましてやおぬしは、兄の仇を討ったほどの男だ。某ごときと稽古をするのが恐いわけでもなかろう」

「いや、恐ろしゅうござる」

剣之助は挑発に乗らず静かに応えた。

「恐いだと……」

「はい、貴殿ほどの遣い手にかかれば某など立合うたところでひとたまりもござらぬゆえに……」

「ふッ、とんだ憶病者《おくびようもの》だ。武士たるものが怪我《けが》をするのが恐いと申すか」

「はい、怪我をすれば、こうして百姓の衆と荒地を切り拓く毎日に、差し障りが出ましょう。さすれば、今はただ田畑を新たに切り拓くように……、という主命が果せぬようになりまするゆえ……」

「うむ……」

これには尾長も言葉に詰った。

「武士は確かに主君のために働かねばならぬ。だが、それは武芸を鍛えるだけではござるまい」

剣之助はさらに言い放つと、自ら荒地に鋤を入れてみせた。

これを止めてみるがよい。止めればお前が主命に叛《そむ》くことになるのだ――。その言葉を動きに込めて。

「主命に逃れたか。ふふ、腰抜けもいたものよ……」

尾長は悔し紛れに捨て台詞《ぜりふ》を吐いて去っていった。

「何というお方だ……」

百姓達は口々に尾長雄三郎の喧嘩を売るような振舞に反発した。

彼らにとっては、泰平の世にあって己が武芸の腕を誇り、武士とは何かを説く男よりも、武士でないとなかなか仕入れられぬ知識を発揮し、百姓と共に汗を流してくれる黒鉄剣之助こそ、大事な存在なのだ。

「大事ない。いつものことなのだ……」

と、剣之助は言うものの百姓達は心配となり、庄屋《しょうや》が豊津家に手を回し、事情を話して尾長の素行の悪さを訴えた。

豊津家の宿老達は、尾長の行動には行き過ぎた分もあるが、その心情にも一理あるとして、これを不問にした。

その上で黒鉄剣之助の身の安全を図り、武芸場での稽古を一切免除し、ますます農政に精進するようにと下命したのである。

剣之助は謹んでこれを受けたが、尾長はというと、

「黒鉄剣之助は百姓が似合よ……」

などと陰口を利き、剣之助は腰抜けだと非難し続けた。

やがて、尾長本家の主・主馬も病から回復し、尾長雄三郎は江戸へ戻り、分家の家督を継ぐことになった。剣之助は面倒な相手との接触は避けられたが、その三年の間は、何とも嫌な想いをしたものだ。

しかし、この一件で、黒鉄剣之助がいかに百姓達から慕われているかが豊津家の中で知られるようになり、剣之助は勤めにますます精を出すことが出来たのである。

そして、剣之助の農政における実績は、豊津家当主・豊後守の目に留まり、この度

の出府となった。

以前、尾長が剣之助をよく思わず、武芸場での立合を望んでいたなどという事柄は、豊後守の耳には届いていなかったし、宿老達も若き日の尾長の負けず嫌いが引き起こした頰笑ましい一事として捉《とら》えていた。

それゆえに、この度の黒鉄剣之助出府については誰も気にかけていなかったのだが、

「慣れぬ武家暮らしが続いていたゆえに、このようなことはいちいちお前の耳に入れずにきた。だがお蔦、わたしには一抹の不安が心に残っていたのだ……」

えも言われぬ不快な想いを心に持ちつつ、剣之助は国表を出たのだという。

そして、その不安は確かなものとなった。

黒鉄剣之助が定府となったことを知り、尾長雄三郎は、

「今度こそ吠面《ほえづら》をかかせてやる……」

と、かつてのわだかまりが蘇《よみがえ》りいきり立ったのである。

未だに、江戸屋敷においても、

「今度出府なさる黒鉄殿というと、兄の仇を討たれたあの御仁か……」

などと十年前の武勇伝が残っていて、尾長を不機嫌にさせていたのだ。

尾長雄三郎は今、剣術指南の岡田十松が退任した武芸場において師範代を気取って

いる。

稽古熱心であるゆえに、豊津家としても、行く行くは尾長に武芸場の教授を任せてもよいと思っていて、元よりその気の尾長は好い気になっていた。

「あの腰抜けは、武芸場には現れまい……」

そう吐き捨てつつ、剣之助の御長屋が武芸場を通らねばならぬところに位置しているのを知り、

「まず、会えば誘うとしよう」

とばかり、剣之助の姿を見かける度に声をかけ始めたのである。

家中の者達は、その様子を見るにつれ、尾長の誘いがいささか執拗《しつよう》であると眉《まゆ》をひそめたが、毎度のごとくそれをかわす剣之助の態度も、

「あれが十年前に、仇討ちの本懐を遂げた男なのか……」

と、首を傾げるようになっていた。

「あのような腰が引けた姿を見ていると、尾長殿も腹だたしゅうなるのやもしれませぬな」

近頃では、そんな風に剣之助を嘲笑《あざわら》う者も現れ始めていた。

かつての英雄も、今は土いじりするだけしか能がなく、とても尾長雄三郎の敵では

ないのだという声も高まってきた。

情なきは、泰平の世に馴れて、人の噂話に時を過ごす侍共であるが、江戸へきた早々、そんな風聞を立てられては剣之助も堪らない。

言いたい者には言わせておけばよいが、剣之助には息子がいる。自分はよくとも息子が恥辱を与えられることになれば心が痛い。

だからといって、尾長の誘いに乗って武芸場に行けば、日頃修練を積んでいる尾長に叩き伏せられるであろう。

いずれにせよ息子は弱い父親のせいで人に笑われることになる。

「お蔦、気の小さいわたしも、さすがに腹が立ってきたというわけだ」

剣之助は一気に己が屈託をお蔦の前に吐き出した。

「なるほど、それでこのところお顔の色がすぐれなんだのでございますね」

お蔦はにこやかに頷いた。

「わたしは争い事は好まぬ。それに、あの折は無我夢中で兄の仇を討ったものの、今は御用繁多ゆえ剣術の稽古からは離れている上に、元来剣術は不得手だ。奴の思うがままにされるのは本意ではない……」

「とはいえ、武士の、男の一分が立たぬのでございましょう」

「うむ、そんな気が、な」

剣之助は遠慮気味に小さな声で応えた。

「そんな気が……？」

お蔦の表情に、たちまち浪花女の熱い血汐《ちしお》がたぎってきた。

「そんな気が……、とは何ですねん……」

お蔦はきっと睨《にら》むように剣之助を見つめて、

「腹が立つならはっきりと腹が立つと言うたらよろしい。そんな奴相手に辛抱することはおませんがな。ば〜んとひとつかましたったらええねん……！」

上方訛に戻って力強く言った。

武家の女房となってから、その物言いは滅多にしなかったが、夫の剣之助が思い悩んでいる時、物事の判断を決めかねている様子を見れば、こんな調子で尻を叩いてきた。

そして、今日のそれは十年前に戻ったかのように強烈であった。

「あんたは昔の頼りない黒鉄剣之助とは違う。相手かて、喧嘩を売りながら心の内では本気で怒らせたらどうなるか、びくびくしているに違いないわ。かましたり、かましたり」

「うむ、言ってやれば確かにすっきりとするかもしれない。だが、そうなると、稽古場で立合え……、それで決着をつけようと……」

「それがどないしましたんや」

「どうしたと言って……」

「決着つけたったらよろしいがな。まさか真剣勝負とは言いまへんやろ」

「それはそうだが……」

「痛い目に遭うのが恐いのか。十年前は生きるか死ぬか、血まみれになりながらやり合うたあんたが」

「いや、恐くない」

「そんなら負けるのが恐いのか？　相手は稽古を積んでる師範代や、負けてもともとやがな。負けるのが恐いのは相手の方や」

「それは……、確かに……」

剣之助はお蔦の勢いにたじたじとなったが、その一方で、出府が決まってこの方、自分の心の内に沈澱《ちんでん》していた不安、怖れ、腹立たしさが、次々に洗い流されていく心地好さを覚えていた。

「わかっています……」

ふとお蔦が頬笑んだ。

「今では子供のある身でおます。不様《ぶざま》な負け方をしたら子供の立つ瀬がない……。怪我をしてお勤めに差し障ってもいかん。兄上様から受け継いだ黒鉄の家も守らんといかん。色んなことがあんたを弱気にさせるねやろうなあ……。おおきに、ありがとうございます……」

そして、ゆっくりと頭を下げた。

「お蔦……」

「そやけど、うちらには何の気遣いも要りまへん。いざとなったらまた見世物小屋へ出て、曲文字書きで、あんたも子供も食べさせてみせますがな……」

お蔦はまた力強く言い放つと、おもむろに文机《ふづくえ》を引き寄せて、左右の手にそれぞれ筆を握り、さらにもう一本を口に咥《くわ》えて、襖《ふすま》にさらさらと同時に筆を走らせた。

たちまち襖に、

〝山より
大きな
猪《いのしし》は出ぬ〟

の三行が大書された。

剣之助は唸《うな》った。お蔦の芸の腕はまるで衰えていなかったのだ。

何が起ころうが、あの日、二人で路銀を稼ぎながら仇を求めた旅暮らしに戻ればよい。そんな覚悟を胸に秘めて、お蔦は武家の暮らしに飛び込んだのだ。

怖れる物など何もない——。

「よし、わかった……！　今度、喧嘩を売られたら、おれも男だ買ってやる……」

剣之助は恋女房にしっかりと頷いた。

お蔦もにっこりと頷いて、

「峡先生は何と言わはりました」

「思えば某の初めの弟子は黒鉄剣之助でござった……、そして、弟子の身に何か出来いたさば、何がさて、師としてそれを助ける……、と申された」

「ええ人やがな……。厚かましい話やけど、この度もまた、何とかしてもらいなはれ……」

お蔦はうっとりとしたような表情となり、

「どうぞ、ご武運を……」

と、今度は武家の女らしく居ずまいを正し、改めて三つ指をついた。

五

翌日から黒鉄剣之助は、朝の内は上屋敷内の学問所へ出て農学の講義を行い、その後は深川の下屋敷の農園を見廻り、近郊の百姓地を歩き見聞を広めるという日課を申し出て、江戸家老より許された。

そして、早速、二日目に尾長雄三郎からの喧嘩を買った。

学問所は政庁の南側に位置する。御長屋からこれへ向かう途中、武芸場へと向かう尾長と出合った。

いつものように尾長は、威丈高に剣之助を稽古に誘ったのだが、この日はさらに、

「武芸を怠り、また昔のように百両という公金を奪い取られては御家も叶わぬによってな……」

と、亡兄・剛太郎を揶揄した。

これにはもう堪忍がならなかった。

「黙らっしゃい！」

まず一喝して、

「亡き兄は確かに不覚を取った……。だがそれまでには、新たに田を切り拓き多くの

百姓を助け、さらなる年貢を御家にもたらした……。尾長殿、貴殿は何をいたされた。いざという時のために武芸に励んでいると言いたいのであろうが、某から見れば、岡田先生が去られた武芸場に遊び、己が腕を誇らんとしているだけのこと。そんなおぬしが兄を愚弄《ぐろう》するなどもってのほかでござるぞ」

と、やり返した。

「な、何だと……」

尾長は思わぬ反発を受け、怒りで目の前が暗くなり言葉も出なかった。

「ふッ、人を斬ったことのないおぬしは、某がいると、太平楽を言いにくいゆえ、武芸場で某を打ちのめし、己が誰よりも強いと人に思うてもらいたいのであろうが、まるで子供騙しだ。くだらぬ」

堂々と喧嘩口上を述べたのは生まれて初めてであった。子供の頃は兄の後ろに付いて草花の名を覚えて暮らした。次男の身はいつか兄を助けられるよう学問を身につけて生きていこうと思ったのだ。

人と争わず、ひっそりと路傍を飾る花のような存在になれば好いと――。

そのような自分が、剣術自慢の尾長雄三郎と、真っ向から衝突することなど想像も出来なかったが、人にとって大事なのは、腕力の強さではない、殴られても蹴《け》られても、間違ったことをしている相手に正しく物を申せるかどうかではないか。

「おのれ、我が武道を子供騙しだと吐《ぬ》かしよったな」

「おぬしの武道が子供騙しなのではない。武道を修めるおぬしの心が子供騙しだと申したのだ」

「ふん、武士に理屈はいらぬわ。それならば、人を斬った黒鉄剣之助殿にお願い申そう。その命がけで得た剣の極意を某に、是非一手指南くだされたい」

「よし、心得た。江戸へ参ったばかりのことゆえ、あれこれ目立たぬようにと、おぬしの悪口雑言に堪えて参ったが、望みとあらば立合うてやろうではないか……」

剣之助は、その身にお蔦が乗り移ったかのようにすらすらと弁が立ち、武芸場での立合を確《しか》と受けたのであった。

「そのようなわけで、立合は十日後ということになりました……」

昼からの外出に託けて、剣之助は三田二丁目の峡道場を訪ね、峡竜蔵にこれを告げた。

「うむ、よくぞ言ってやった……」

竜蔵は稽古場脇の拵え場の一角で、今までの経緯を打ち明けられて、ニヤリと笑った。

「相変わらず、お蔦殿は好い女房だ。話を聞いているだけで胸がすく……」

竜蔵は剣之助の願い通り、この日は終始剣の師弟としての物言いをした。

「十日後というのがまた好い」

「多忙を理由に時を稼ぎました。このところ剣術稽古から遠ざかっておりましたので……」

「ふふふ、それだけあれば、おれが立派に仕込んでやるさ。十年前のようにな」

こんな風に話していると、剣之助の体内にお蔦とはまた違った力が湧いてきた。

先日、留守居役の丸山蔵人が、竜蔵と竹中庄太夫を呼んでくれた時は、その直前に尾長雄三郎に出合い、嫌みたらしい挨拶を受けていたので気分が今ひとつ乗らなかった。留守居役の前ということもあり、ついつい言葉少なになってしまったが、思えばお蔦に打ち明けていれば、あの場で冗談めかして、己が屈託を竜蔵に聞いてもらえたかもしれなかった。

「まったく回りくどいことをしてしまいました。わたしがうじうじとしておらねば、今頃はもう先生に稽古をつけていただいていたかと……」

「回りくどいのは、お前さんのやさしさゆえだ。今からでも遅くはないさ」

竜蔵は余裕の表情であった。

先日、酒宴をした時に、竜蔵はその後剣之助が、暇を見つけては豊津城下の町道場で稽古を続けていたと聞いていた。

城内の武芸場で稽古をすれば、尾長のような連中が好奇の目で寄ってくるのは目に見えていたし、それでは郡奉行の御役に打ち込めない。

それゆえ、仇を討ち、帰参が叶った上は御役目一筋に暮らしたいと人には告げて、そっと町道場でお茶を濁していたのだ。

「お茶を濁したくれえでも、ほんとうのところはどうだったのだい。誰と打ちあってもたやすく負けなんだろう」

「それはまあ……。しかし、それは町道場に通っている連中相手でございますから……」

「いや、誰が相手でも、おぬしはそうたやすく負けはすまい」

「そうでしょうか……」

あの折は、真剣で竜蔵に型の稽古をつけてもらってその恐怖を克服し、命のやりとりをした剣之助であった。

その自信からか、町道場での上達はなかなかのものとなっていた。

「まずは素面《すめん》で立合うてみよう」

竜蔵は、稽古場へ剣之助を連れて出て、面の他は防具を着け、剣之助と数合打ち合ってみた。

「うむ、なかなかの上達ぶりだ」

そして稽古を終えると、見所に呼んで相好を崩した。

「左様でございますか……」

剣之助は声を弾ませた。

「ああ、この十年の間、好い体を造ったものだ」

「好い体を……」

「いかにも、あの頃も旅を続けていたから体は丈夫だったたし、足腰もしっかりしていたが、この十年の間は、一所に落ち着いて山川を駆け回りしっかりと飯を食ったようだな」

「お蔦が食え食えとうるさく言うので……」

「それでよい。あの頃より一回りも二回りも体に厚みが出た」

「それでは、尾長雄三郎に勝てぬまでも、不様に負けることはなさそうでしょうか」

「立合の仕儀は？」

「一本勝負と参ろうということに……」

「一本勝負か……。わざと一本を取らず、しばらくおぬしを痛めつけるだけ痛めつけ
その上で、一本を決める肚《はら》であろうな」

「恐らくは……。だがそうはさせません。敵《かな》わぬまでも堂々と立合うつもりでござる」

「うむ、その意気だ。そうたやすく痛めつけられて堪るか」

「はい」

「その前に一本決めてやればよいのだよ」

「いや、それはとても無理でしょう」

「無理じゃあねえさ。勝負は一本決めればそれで終るのだ」

「しかし、相手もたやすく決めさせてはくれぬでしょう」

「だが相手もおいそれとは打ってこれねえさ」

「そうでしょうか」

「ああ、まずは任せておけばいい。お蔦殿の言う通りだよ。もう黒鉄剣之助は十年前の頼りねえ侍じゃあねえ。そして、このおれも十年前とは違って二十人もの弟子を持つ身だ。二人が組めば、とんでもねえ力が湧いて出るってものさ。そうは思わねえか

い」

竜蔵はことさらにくだけた口調で、剣之助の緊張をほぐしてやったが、どっしりとして剣客の凄《すご》みも、威厳も備っている竜蔵であるから、剣之助の肚はどんどんと据ってくる。

「なるほど、先生とお話をしていると、何やらほんとうに勝てそうな気がしてきました……。いや、勝ってみせます！」

ついにこんな言葉まで飛び出したのである。

さて、竜蔵が思い描く必勝の秘策とはどのようなものなのか――。

見所の角からにこにことしながら一人のやりとりに耳を傾けている竹中庄太夫には楽しみで仕方がなかった。

庄太夫は、師範代として門人達の稽古を見守る神森新吾をそっと呼んで、これから始まる一勝負のあらましを伝えると、

「新殿、今までは無我夢中に、峡先生の剣術を学んできたと思うが、これからは、教えぶりもまた学ばねばなりませぬのう……」

わかったような顔をして頷いてみせた。

初老の〝蚊蜻蛉《かとんぼ》おやじ〟もまた、この十年の間に、剣術を見る目が肥えてきて、時

に大師範のごとき真理を語るようになっていたのである。

庄太夫、新吾が注目する中。

その後、剣之助は峡道場に通ってきて、竜蔵の指導を受けた。

竜蔵は十年前と同じく、

「がむしゃらに突けばよい……。だが、それはここ一番だ。まずは相手を威圧する構えが大事だな……」

突きに加えて、徹底して構えを教えた。

稽古をつけるに当たっては、自らが対峙《たいじ》し、何と剣之助には上段に構えさせた。

上背のない剣之助にはどうかと思われたし、上段からの突き技は容易には打てない。

剣之助にもそれくらいの心得は備っているから、その意図をはかりかねたのだが、

「なあに、首を傾げるのは相手も同じことさ。それが狙《ねら》い目なのさ」

と、根気よく教えた。

すると、上背はなくとも、剣之助の野良仕事によって鍛えられた体からはえもいわれぬ迫力が出て、上段の構えに威厳が備った。

そして時折、構えを下ろして、目の覚めるような突きを見舞う。

これを見せておくと、確かに相手は戦い辛いであろう。

そして、竜蔵はふらりと丸山蔵人を訪ねて、一度だけ豊津家の上屋敷へ出向いた。

何がどうなったのかは知らないが、その日の午後、峡道場を訪れた剣之助に、

「ちょいとまじないをかけてきたから、もう勝ったも同じだよ……」

ニヤリと笑ってそう言うと、念入りに立合の時の心得を説いたのであった。

六

長いような短かいような十日が過ぎた。

この間、黒鉄剣之助は日々の務めに加え、峡道場へ通って剣術に励み、御長屋に戻ってはお蔦の激励を受けて、実に充実した暮らしを送った。

だがこれに反して、番方の組頭・尾長雄三郎はというと、まるで落ち着かぬ日々を送っていた。

それは、武芸場に黒鉄剣之助を迎えるこの日、頂点に達したのである。

五年前に、三年間の国表での勤めを終えて江戸上屋敷に復職した尾長雄三郎が、国表において、やたらと黒鉄剣之助に立合を望み、百姓達から顰蹙《ひんしゅく》を買ったという事実は、さして江戸には聞こえていなかった。

五年の歳月が経ち今ではすっかりと忘れられていた上に、剣之助が定府になってよ

りこの方、尾長が挑発を繰り返していることも、剣之助が黙って堪えていたゆえに、大きな噂にならなかった。

であるから、黒鉄剣之助が上屋敷武芸場に姿を見せたと聞いて、江戸詰の家中の士は喜んだ。

見事本懐を遂げた後は、国表でも江戸屋敷でも、武芸場での稽古を控えているとされていた黒鉄剣之助であった。

それが、十年を節目に家中の者に、その剣術をさらすのであるから興味が湧くのは当然であろう。

剣之助は、この日武芸場に出て、尾長雄三郎に稽古をつけてもらう運びとなった、長らくの勝手をお許しくだされたことに深く感謝していると、江戸家老を始め、重職に挨拶をしに回っていた。

仇討ちを遂げた直後は、当主・豊後守を始め老臣達は、剣之助の剣術の腕前を見たがったものだが、

「この度の仇討ちは、黒鉄の家の不始末のけじめをつけるためのものでござりまする。仇とはいえ人を殺したこの身が、それを誇るかのように武芸場へ出ますのは畏れ多くござりますれば、何卒《なにとぞ》御容赦願います……」

剣之助は、元より自分の剣など拙《つた》なきものであるから、この先与えられたお役を全うするために身を入れたいと申し出た。

「その心がけは殊勝である……」

豊後守は、剣之助の心がけを賞し、郡奉行の役儀に邁進《まいしん》するよう命じたのである。

剣之助はそのような事実を人には語らず、誇らずにいたから、武芸場で稽古をするにつき、剣之助が重役達に挨拶をして回ったと噂に聞き、尾長雄三郎は焦りを覚えた。

剣之助が武芸場に出て稽古をしないのは、彼が腰抜けであるからだと悪《あ》し様《ざま》に罵《ののし》っていたが、それは御歴々に認められてのものであったとわかったからだ。

剣之助が武芸場に出てきたら、痛めつけてやろうと思っていたものの、それでは自分の覚えが悪くなるではないか――。

そんな想いに加えて、なめ切っていた黒鉄剣之助が、実は恐ろしく強いのではないかと思われる一件があり、尾長の焦りはさらに強くなった。いよいよ剣之助と立合う日まであと二日となった日に、武芸場に思わぬ来客があったのだ。

客は直心影流の師範・峡竜蔵で、以前から出稽古を願いながらも今まで縁に恵まれなかったが、この後は時に来てもらえるようになったと、留守居役・丸山蔵人が興奮気味に連れてきたのである。

尾長は峡竜蔵の名は聞き及んでいた。

十年前に、黒鉄剣之助に剣を教え、仇討ちの助太刀をした剣客であると――。

しかし、尾長は神道無念流を一筋に学んできて、直心影流で峡竜蔵がどれほど強い男であるかを知らなかった。

その上に、この三年の間剣術指南として豊津家の出稽古を務めたのが、岡田十松という、神道無念流の達人であったから、

――赤石郡司兵衛、団野源之進ならばいざ知らず、たかがしれていよう。

と、その日がくるまで高を括《くく》っていた。

それが、武芸場で家中の士を相手に稽古をつける様子を見て愕然《がくぜん》とした。

――こ、これは、岡田先生に劣らぬ強さだ。おれなどはひとたまりもない。

自信家の尾長雄三郎をそんな気にさせる師範であったのだ。

日頃は、武芸場の師範代を気取っている尾長は、黒鉄剣之助との立合を控えているだけに、惨めな想いをするのは嫌であった。

――だが、手合わせを願わぬわけにも参らぬ。

勇気を振り絞ろうとした時、

「尾長雄三郎殿とは、また次の折に……」

峡竜蔵はそういうと、さっさと防具を外して、尾長との立合を避けた。

これには尾長も一瞬ほっとしたが、

「近々、某の弟子である黒鉄剣之助と立合われるとのこと。今ここでお手合わせをしては、彼の者の手の内が知れてしまいまする。それではせっかくの立合もおもしろみがなくなるというものでござる……」

竜蔵はそのように続けた。

「はて、それはいったい……」

尾長は首を傾げたが、竜蔵はただ笑うだけで、

「立合の日は某も拝見仕りましょう」

と、言い置いて去っていった。

——いったいどういう意味であろうか。

それから尾長の胸の内に竜蔵の言葉が引っかかって離れなかった。

自分と立合えば黒鉄剣之助の手の内が知れてしまうから、おもしろみがなくなる——。

それは、剣之助がかつて剣を学んだ峡竜蔵の極意を巧みに摑《つか》んでいるということなのであろうか。

剣之助は十年の間、江戸を離れていたが、それまでの数年は峡竜蔵に学び、出府してからはまだ一月にもならないが、早速、暇を見つけては峡道場に足を運び、改めて腕を磨いていた――。

そんな想いがしてきたのである。

――いや、考え過ぎだ。

国表で黒鉄家の部屋住みの次男坊であった頃は、剣術の方はまるで駄目な軟弱者と言われていたと聞いている。

それが、いくら運命の変遷に揉まれたからといって、竜蔵ほどの剣客の太刀筋が身につくとも思えない。

――きっと峡竜蔵はこのおれを脅しにきたのであろう。それがどうした。おれの相手は峡ではない。あの百姓侍の黒鉄剣之助ではないか。

竜蔵の言葉に惑わされてなるものかと自分に言い聞かせて、尾長は平常心を保とうとしたが、武芸場で見た峡竜蔵の圧倒的な強さが目の裏に焼き付いて落ち着かなかった。

「立合の日は某も拝見仕りましょう」

そして帰り際に言ったこの言葉が不快で堪らなかった。

峡竜蔵は留守居役や、江戸家老にまで交誼があるようだから、適当な理由をつけて観《み》に来られないようにすることも出来まい。

そうなると、剣之助との勝負に勝ったとして、その際にいたぶってやろうという企みは果せまい。

それによって峡竜蔵の怒りを買えば、その後の稽古が空恐ろしい。

いや、それ以前に、あの峡竜蔵が自信有りげに武芸場へ送り出す、黒鉄剣之助そのものが何やら恐ろしく不気味に思えてきたのだ。

立合当日を迎えても、尾長雄三郎は落ち着かずに浮わついていたのである。

幸いにして家老を始め、御歴々は見物には現れず、留守居役の丸山蔵人だけが、にこやかに峡竜蔵を伴い武芸場に顔を見せただけであった。

竜蔵は見所に座ると尾長に頬笑みかけて一礼をした。

尾長もこれに丁重な礼を返したが、そこには強い者に対する幾分の媚《こ》びが含まれていた。

そこへ、黒鉄剣之助と共に武芸場に入ってきた竹中庄太夫が、たちまち尾長雄三郎の心中を見抜いてニヤリと笑い、

「勝てまするぞ……」

と、剣之助の耳許《みみもと》に囁《ささや》いて、小者の平助と並んで廊下の端から見物をした。

――なるほど、尾長雄三郎とはこれしきの男か。

剣之助は武芸場の中央で棒立ちになっている尾長に深々と礼をすると、稽古場の隅でさっさと防具を身に着け始めた。既に御長屋からは稽古着姿で来ていた。

「ならば一本勝負と参ろう。稽古での立合ゆえに審判も要りますまい……」

尾長は丁重な物言いで、見所に深々と礼をして自らも防具を着け始めた。

とにかく痛めつけてやろう、そう思っていたのが、とにかく早く終らせてしまおうと今は思い始めている。

もう黒鉄剣之助とは関わりたくない。自分で執拗に立合を望んでおきながら、何ともいい加減な話であるが、思えば尾長は、初めから剣之助が断ると思うからこそ絡んでいたのだといえる。

剣之助はじっとそんな尾長を見つめて、

「相手かて、喧嘩を売りながら心の内では本気で怒らせたらどうなるか、びくびくしているに違いないわ……」

お蔦の言葉は正しかったと、つくづく感じ入った。尾長雄三郎は、挑発に乗らぬ剣之助を嘲《あざ》けることで、己が強さを誇示していたに過ぎなかったのだ。

——まったく自分は喧嘩に馴れておらぬ。

お蔦は何度か尾長の姿を見かけていたようで、元は鉄火肌の彼女はもうそれだけで尾長雄三郎の本質を見抜いていたのである。

とはいえ、立合はやはり尾長雄三郎に分がある。ここからは峡竜蔵から授けられた戦法に従うまでだ。

剣之助はゆったりと中央へ出た。

「いざ、よろしく稽古をつけてくだされ……」

「心得た……」

尾長も出た。かくなる上は、美しく技を決めて一本を取り、番方の意地を守らねばなるまい。

両者は対峙し、ぱっと離れた。

もちろん剣之助には緊張があった。

しかし、この十日の間、日々峡竜蔵相手に構えの稽古をしていたゆえに、尾長雄三郎からはまるで威圧を覚えなかった。

そして、白刃を交えて命がけの勝負をした十年前の自分が蘇ってきた。

あの時。兄の無念を晴らせたのは、生きてお蔦との恋を成就させたい想いが何よりも自分に力を与えてくれたからだ。

苦労をかけたお蔦を喜ばせてやりたい、その一心が敵を倒したのである。

「お蔦、見ておれ……」

今頃は何も気にかけぬ体を装い、家の内で手を合わせているであろうお蔦に誓い、剣之助は、さっと上段にかぶった。

「上段……」

尾長は舌打ちをした。

竹刀、防具での稽古であると、強い弱いに拘《かかわ》らず、上段が相手だとなかなか立合いにくく、すぐに一本を決め辛いからである。

早々と立合を終らせようと思っていただけに、上段に構えられると真に骨が折れるのだ。

「それそれ……!」

尾長は誘いをかけんと、掛け声と共に剣先を剣之助の左小手に付けて、じりじりと前へ出た。

剣之助の構えが下ったところが狙い目と見て、圧力をかけたのである。

だが、剣之助はこれに誘われることなく、すたすたと回り込んで構えを崩さない。

ならば捨て身で間を詰めんと、尾長はじっと剣之助の動きを見たのだが――。

剣之助は絶えず見所を背にして立つので、尾長の視線の向こうには必ず峡竜蔵の不敵な笑顔があった。

顔は笑っているが、鋭い光を湛えた目は刺すように尾長に注がれていて、彼の集中力を乱した。

「えいッ！」

それを振り切るかのように、再び誘いの一撃を小手めがけて入れてみたが、剣之助は焦らずこれを受け留めて、体当りをくれた。

これがなかなかに強く、尾長はかえって体勢を崩されて慌てて間合を切った。

――おのれ百姓めが。

なめてかかっていたが、山野で鍛えた剣之助の足腰は思った以上に強かったのだ。

剣之助はまた上段に構えて、じっと尾長を見据えた。そして彼の背後には必ず見所に座す峡竜蔵の姿があった。

尾長は言いようのない不安に襲われ始めた。黒鉄剣之助と立合っているのに、いつしか峡竜蔵と斬り合っているかのような錯覚に陥るのである。

尾長は何度となく、位置を外そうと試みたが、剣之助は巧みに見所を背にして立つ。

これこそが、竜蔵が授けた秘策であった。

その圧倒的な強さを尾長雄三郎に見せつけた後に、刺すような視線を送り睨みつける。

峡竜蔵にとって、弱気になった尾長の心を乱すのは、これで十分であった。

剣之助は息を止めて静寂を保った。

尾長は苛々としてきたが、それを抑えて、次の一手を考えたのだが——。

「うぉッほん！」

その刹那《せつな》、見所の峡竜蔵が静寂を裂く大きな咳払《せきばら》いをした。

尾長は驚いて一瞬見所に目を向けた。

「えいッ！」

そこへ、剣之助が打って出た。

上段から面を打つと見せかけ、竹刀をぐっと尾長に突き入れたのである。

これが見事に尾長の突き垂《だれ》を捉え、その衝撃に尾長は不様に尻もちをついた。

完敗である。

何かと格好をつけたがる尾長は、かくなる上は潔く負けを認め、相手を称えるに限るとばかりに、

「いや、参った！　はッ、はッ、はッ、好い稽古をつけてもらいましたぞ」

と豪快に笑ってみせたが、武芸場に居合わせた家中の士達は誰一人くすりともせず、尾長に寒々とした目を向けていた。

七

「まったく竜蔵さんも、大したものでございますねえ。咳払いひとつで相手を負かしてしまうとは。ほほほ……」

その夜。

峡竜蔵は、綾と二人だけで、ゆるりと酒を飲んだ。

「いや、おれも驚いたよ。今だと合図を送ったつもりが、尾長雄三郎はびくりとしよった。ははは、その時の尾長の取り繕った顔といえば何ともおかしゅうてな……」

「竜蔵さんの気迫に戦《おのの》かれたのでしょう」

今宵、綾は夫を〝竜蔵さん〟と呼んだ。

二人だけで気楽に酒を酌み交わす時には、妹分の頃に戻ってそのように呼ぶこともある。

綾にとっては、竜蔵のことをそっと慕っていた娘の頃の初々しさに戻れるし、そう呼ばれると竜蔵もほのぼのとする。

肴《さかな》は奴豆腐《やっこどうふ》に焼茄子《やきなす》が目の前に並ぶ。

「きっと勝ったお祝いで、飲んでおいでと思っていましたから……」

綾は品数を気にしたが、

「これで十分だよ。今宵はお蔦殿と子達と、ゆるりと祝いの膳《ぜん》を囲みたいだろうと思ったので、剣之助とはすぐに別れたのだよ」

竜蔵はどこまでも上機嫌であった。

「それに、おれも綾と二人でのんびりと一杯やりたくなったのさ」

「それは、嬉しゅうございます……」

綾はほんのり頰《ほお》を朱に染めた。

剣術の稽古に明け暮れ、何かというと暴れ回り、人に情けをかけ、そして酒を飲んだ――。そんな若き日の竜蔵を思い出したのである。

「女房をしていると疲れるだろうな」

竜蔵は小さく笑った。

「どうしてです……?」

「元はといえば赤の他人の旦那《だんな》のすることを、いつもはらはらとして見ていなきゃあならねえ」

「竜蔵さんはおもしろいことを仰《おつしや》いますね」

「そうかい」

「そんなこと、思いもしませんでした」

「だとすれば、女はかわいそうだ」

「かわいそうですか」

「ああ、お前は格別にな」

「いえ、格別に幸せでございますよ」

「そうかい？」

「竜蔵さんの傍にいると、退屈いたしません」

「なるほど、そいつは好い、そう思ってくれりゃあ何よりだ」

竜蔵は、他人同士が寄り添って、日々一喜一憂する夫婦ほど馬鹿なものはないと笑いつつ、その馬鹿さ加減が生きている証《あかし》になるのかもしれないと考えていた。

「今頃は黒鉄剣之助、お蔦殿とどんな話をしているんだろうなあ。よかったよかったと、賑やかにやっているのかねえ……」

「はて、思いの外静かに、口数も少なく、お盃のやり取りをしているのかもしれませんよ」

「綾はそう思うかい」

「はい、あちらはもう十年も夫婦なんですから……」

「そうか、おれ達よりずうっと大人か」

「寄り添っているだけで、喜びを分かち合えるのではないでしょうか……」

綾はまた一杯酒を注《つ》ぎながら、声音に艶《つや》を込めて言った。

第三話　墓参り

一

秋風が涼しくなってきた。

寺の周囲に咲き始めた萩《はぎ》の花が赤紫の房をつけている。

空は秋晴れ。墓参りには恰好《かっこう》の日和《ひより》であった。

直心影流剣術師範・峡竜蔵の父・虎蔵《とらぞう》の墓は、本郷の兆法寺《ちょうほうじ》にある。

湯島六丁目を西へ入ったところに、虎蔵、竜蔵父子の剣の師・藤川弥司郎右衛門が眠る喜福寺《きふくじ》があり、兆法寺はそのすぐ近くの小さな寺だ。

虎蔵が大坂で客死してから二十年になる。

酒好き、女好き、喧嘩《けんか》好きであった虎蔵は、食通でもあり、つい河豚《ふぐ》の肝に手を出し、これに当たって命を落したのである。

「まだまだあ奴には、叱《しか》っておかねばならぬことも数多《あまた》あったと申すに、わたしよりも先に逝ってしまいよって……」

藤川弥司郎右衛門はその折、無念の涙を流したものだが、今は師弟共に墓所にいて、しかも近所同士であるから、今頃はさぞかし虎蔵も師に叱られているのであろう。

そんなことをにこやかに語りつつ、寺を訪れているのは、かつての虎蔵の妻で竜蔵の母親・志津《しづ》である。

破天荒な虎蔵とは、竜蔵がまだ十歳の折に夫婦別れをしていたが、それも虎蔵は絶えず自由の身でいる方が彼の剣の大成に繋《つな》がるであろうと考えたゆえのこと。

別れた後も、息子の竜蔵を介して疎遠にならず、死した後もこうして墓参りをかかさないでいるのだ。

この日の墓参りは賑《にぎ》やかなものとなった。

志津の墓参に合わせて、竜蔵の妻・綾が息子の鹿之助を連れてきていたのである。

これに、志津の供《とも》をする左右田平三郎《そうだへいざぶろう》。綾、鹿之助の供をする竜蔵の内弟子・竹中雷太を加えて五人――。

二組共に舟を仕立て、神田川の昌平橋《しょうへい》の岸までやってきて、そこから神田明神の門前の茶屋で落ち合い湯島の通りを辿《たど》ってきた。

「ふふふ、鹿之助殿も、爺様《じい》譲りのようですねえ……」

志津はその間、雷太と駆け競べをしたかと思うと肩車をねだり、なかなかの腕白ぶりを見せている鹿之助を眺めては目を細めたものだ。

やがて暴れ疲れ、志津と綾に手を引かれて道行く鹿之助の後姿を追いながら、平三郎と雷太の話も弾んでいた。

平三郎は、綾の父である国学者・中原大樹《なかはらたいじゅ》の高弟なのだが、現在大樹が開く本所出村町の学問所で暮らす竹中庄太夫の娘・緑《みどり》を妻にと望んでいる。

和算にその才を開花させ、学問修得と講義に忙しく暮らす緑は、平三郎の気持ちを受け入れつつもなかなか婚姻にこぎ着けられずにいて、相変わらず周囲をやきもきとさせていた。

雷太もその一人である。

竹中庄太夫の養子となったことで、天涯孤独の身に俄《にわか》に出現した自慢の姉の動向が気になって仕方がないのだ。

今日、共に墓参につき従う左右田平三郎とは、竜蔵の供をして出村町へ行った折に何度か顔を合わせていた。

物静かで思慮深く、一方では甲源《こうげん》一刀流の道場に通い剣術にも打ち込んでいるという平三郎を雷太は慕っていた。

うまくいけば、平三郎は雷太の義兄となり、また一人立派な身内が増えるのだ。

雷太は弟ぶって、

「姉の心の内には、左右田先生の他に想《おも》う御方はおりませぬ。どうか、今しばらく待ってあげてくださりませ……」

などと言っては、平三郎を喜ばせていたのである。

志津は、綾と共に、鹿之助の成長ぶりに目を細めつつ、後ろで交誼《こうぎ》を深める平三郎と雷太の様子を頰笑《ほほえ》ましく見ていたのだが、

「おや……？」

兆法寺の墓所に足を踏み入れた途端に、首を傾《かし》げた。

「どなたかが、参ってくだされていたようですねえ……」

虎蔵の墓前に花が手向けられていたのである。

花を見るに、まだ生き生きとしていて、参ったばかりの様子であった。

「はい……、そのようでございますねえ……」

綾も怪訝《けげん》な表情を浮かべた。

「前にもこのようなことがありましたが、はてさて、誰がこのような……」

志津はその花に、持参した花を足してきれいに整えたが、生前の虎蔵に想いを馳《は》せ

て二十年経《た》った今も、花を手向けてくれる人がいることに、嬉《うれ》しそうな表情を浮かべていた。

師の藤川弥司郎右衛門からは、いつか稽古場《けいこば》を構えた時のためにと、〝剣俠《けんきょう》〟の書まで用意されていた虎蔵であった。

それが、終生己が道場は開かず、一人の弟子も持たずに死んで二十年が過ぎていた。

身内の他に、花を手向けてくれる者が未《いま》だにいるのかと思うとありがたかった。

「お寺の人に訊《たず》ねてみましょうかねえ」

「いずれわかりましょうほどに、その折の楽しみになされた方がよろしゅうございましょう」

綾がそれに応《こた》えた。

「その折の楽しみに……」

「はい。それに、人知れずそっとお参りするのがお好きな方もございましょう」

「なるほど、貴女《あなた》の言う通りです。黙ってご厚情を受けるべきですね……」

志津は綾の言葉に大きく頷《うなず》くと、

「これ、鹿之助殿、爺様のお墓にお参りなさりませ。生きておいでであれば、貴方を見て何と申されたでしょうねえ」

鹿之助の小さな手に数珠を握らせた。

鹿之助にとっては会ったこともない祖父であるが、その昔話を日頃聞かされているからか、

「おじいさま……」

と、墓に話しかけて一所懸命に手を合わせた。

「ふふふ、今、婆《ばば》には爺様の声が聞こえてきましたよ。竜蔵の倅《せがれ》にしたら、随分と利口じゃあねえか……、そう言っておいでです」

志津は、ぽっちゃりと肉付きの好《よ》い鹿之助の肩を抱くと、皮肉屋で、人と群れるのが嫌なくせに寂しがり屋であった虎蔵の悪戯《いたずら》っぽい笑顔を思い出し、目頭を熱くさせた。

その傍らで、

──義父《ちち》上様、あちらへお行きになられたというのに、未だに人をやきもきさせるとは、さすがでございますねえ。

綾はそんな言葉を心の内に呟《つぶや》きながら、静かに手を合わせていた。

綾の亡父・森原太兵衛《もりはらたへえ》は、峡竜蔵の弟弟子で、母を亡くして父娘二人になってからは、藤川道場で暮らしたこともあり、綾は虎蔵に随分とかわいがってもらったものだ。

それだけに、舅《しゅうと》への想いも強い。

今日の墓参りの前に虎蔵の墓前に花を手向けた者の存在が、やたらと気になるのであった。

人知れずお参りをするのが好きな者とているだろうから、それはいずれわかった時の楽しみにしておくべきだと志津には言いながらも、その実綾は、花の主に心当たりがあったのだ。

そしてそれは、志津には報《しら》せたくない相手であった――。

二

「なるほど、お袋殿にはそのように言っておくのが好《い》い分別だったよ……」

その夜。

墓参りから三田二丁目の峡道場に戻った綾は、竜蔵と二人になったのを見はからい、件《くだん》の花の贈り主について耳打ちをした。

「大した理由でもねえとは思うが、わかっちまえばお袋殿も気になるだろうし、墓を参ってくれているお人も、この先参りにくくなるってもんだ」

竜蔵は綾から報告を受けて、妻の対応に満足をした。

何かと多忙な夫の竜蔵に代わって、綾は月に一度くらいの割合で虎蔵の墓を参っていた。

それまでは、何かというと墓所へ出向いた志津であったが、さすがに六十ともなれば今までのようなわけにもいかず、かつては出村町に寄宿していた綾が竜蔵に嫁いでからは、気楽に誘う相手もなく、控えるようになった。

その兼ね合いもあって、綾が足繁《しげ》く通うようになったのだ。

三田からはなかなかに遠いところであっても、昔から慕っていた義父のこと、気晴らしにもなるしまるで苦にならなかった。

そして気がついたのである。

この二年くらいの間、誰かが頻繁に虎蔵の墓を参っているという事実を。

初めはこの日と同じように、墓前に新しい花が手向けられてあるのを見てそう思った。

だが、参ってくれている人を知りたがるのも何やらはしたなく思えて、しばらくそっとしておいた。

それがたまたま、兆法寺の寺男と話すことがあり、何げなく訊《き》いてみたところ、それは四十半ばのちょっと小粋な女であると知れたのである。

女は、毎度花を手向けて帰ると遺族が不審に思うかもしれないと、それは控えているようであるが、五日に一度くらいの割合で手を合わせに来ているというのだ。

初老の寺男は、綾が峡虎蔵の息子・竜蔵の妻であることを知っている。

虎蔵もまたこの寺には、父・猪三郎《いさぶろう》の墓参に訪れていたから、彼は、虎蔵、竜蔵共に顔馴染《かおなじみ》で、

「ご先代も好い先生だったが、ご当代の先生も負けず劣らずくだけたお方で、あたしは大好きでございますよ……」

と、かねがね言っているので、綾も時に心付けを渡したりして上手に用をこなしてもらっていた。

綾はその折も二朱ばかり握らせて、その女のことは無やみに他言せぬように頼んでおいた。

たとえば志津が気になって訊ね、四十半ばのちょっと小粋な女が虎蔵の墓に足繁く参っていると知れば、好い気はすまいと思ったからである。

今日、志津と共に墓参りをするにあたって、謎《なぞ》の女のことが気にかかっていたのだが、その不安は的中した。

志津もまた、虎蔵の墓に手向けられている花を見て不審に思い、寺の者に訊いてみ

ようかと言い出した。

その場は上手く収めたので事無きを得たものの、志津は未だに亡くなった虎蔵に惚《ほ》れている。

そしてそれと同時に、破天荒で女好きであった虎蔵には随分と泣かされた思い出もあった。

ゆえに、謎の女が現在四十半ばと知れると、虎蔵が四十二で亡くなった時は二十半ばであるから、謎の女は虎蔵のかつての〝女〟ではなかったかと思えるから都合が悪い。

「ふふふ、親父《おやじ》め、死してなお、女達に慕われるとは羨《うらや》ましい限りだな」

竜蔵はにこりとして言った。

死んでしまった男の墓に、何度も何度も足を運ぶとは、よほど虎蔵に惚れていたのであろうというのだ。

「笑い事ではありません……」

綾は少し詰《なじ》るように言った。

志津にしてみれば、身内でもない女がやたらと亡夫の墓に参っているなどとは目障りこの上ないであろうし、今となって志津の虎蔵への美しい思い出が汚されるのは嫁の立場としても見るに忍びないのである。

「いや、確かにそうだった……」

竜蔵は頭を掻《か》いた。

「一度、確かめておくか……」

墓参りの女がいったい何者で、虎蔵とはどういう間柄なのか、また、この二年くらいの間にどうして頻繁に参り始めたのか、その辺りを倅として知っておいた方が好いのは確かだ。

「さて、どうするか……」

竜蔵は腕組みをした。

門人であり、峡道場の御用聞きを務めてくれている網結の半次、国分の猿三に頼めばわけもないであろうが、二十年前に死んだ父親の墓参りをする女が誰か調べてくれとは、さすがに言いにくかった。

「まず倅のおれが出向いてみるか、親父め、とんだ物入りだ……」

竜蔵はぶつぶつとぼやきながら、愛宕下《あたごした》の長沼《ながぬま》道場を訪ねる予定を延ばすことにして、その二日後に単身、兆法寺へ出かけ自らの墓参を済ませた後、

「父つぁん、ちょいとおれの頼みを聞いちゃあくれねえかい……」

と、件の寺男に一分金を握らせて、噂《うわさ》の女が来たら、どこの誰かを突きとめてくれるよう頼んだ。

寺男は宇吉《うきち》という。竜蔵はかねがね、小廻《こまわ》りの利く男だと見ていたのだ。宇吉は日頃好い旦那《だんな》だと思っていた竜蔵の頼み事に、

「へい、任せておくんなせえ。これでも昔は処《ところ》の親分の許《もと》で下っ引きを務めたこともありましてねえ……」

と、大いに喜んで胸を叩《たた》いた。

「ほう、そうかい。どこかただ者じゃあねえと思っていたんだよ。だが父つぁん、あんまり遠いところへ帰るようなら寺の務めが疎かになるから、無理はしねえでおくれよ」

竜蔵は宇吉をうまくおだてておいて、その一方では気遣いを見せてやった。

宇吉はますます張り切って、

「なに、墓参りの姉さんはいつも下駄履きで北の追分へさして歩いて帰りやすから、それほど遠いところから来ちゃあいねえでしょう」

と、下っ引きをしていたという昔に戻った物言いで推測をした。

「なるほど、大したもんだ。そんならまず頼んでおこうよ」

竜蔵は、思わぬところに役に立つ男はいるもんだと感心して、宇吉にくれぐれも口外無きようにと念を押して兆法寺を出たのである。

それから、ことのついでになってしまったのを心に詫《わ》びて、兆法寺からはほど近い喜福寺へと足を延ばし、恩師・藤川弥司郎右衛門の墓へと参った。

「先生、あの親父は相変わらずもてているようでございます……」

師の墓前に亡き父のことを語りかけると、どういうわけだか泣けてきた。父の墓前では涙のひと粒も出なかったというのに——。

面と向かってはろくに口を利かぬが心の底では想い合う、そんな父と息子の関《かか》わり合いは、いつまで経っても変わらぬものなのであろうか。

そんなことを思うと切なくて仕方がなかったのである。

「男というものは年を取るにつれて、思いもかけなかったことで泣いてしまうものでござりまするよ……」

竹中庄太夫が常々言っている意味がまたひとつわかった気がした。

涙を拭《ぬぐ》い、気持ちを落ち着けてから墓所を出ると、顔馴染の僧と出合って、そこから方丈で茶の馳走《ちそう》に与《あずか》った。

僧は剣術好きで、藤川道場で指南を請うたこともあるというくらいであるから、竜蔵の上達ぶりを聞きつけて、一度話したかったようだ。

あれこれと話していると、帰りは夕暮れとなっていた。

湯島の通りを歩いていると背後から、

「先生……！」

と、息を切らせて竜蔵を呼ぶ声がした。

振り返ってみると、兆法寺の寺男・宇吉であった。

「おう、使いに出ていたのかい。おれはあれから藤川先生の墓を参っていたのだ
……」

しんみりとして応える竜蔵に、

「左様で……、そいつは何よりでした……」

宇吉は息を整えながら言った。使いに出て寺へ帰る中に竜蔵を見かけ、走ってきたようだが、落ち着かぬ様子は、息苦しさだけでもなさそうである。

「どうかしたのかい？」

「それが先生、出たんでさあ」

「出た……。おれはどろどろの方は好きじゃあねえよ」

「化け物じゃあありませんよ。墓参りの姉さんがあれから墓所に来なすったんです

よ」

「何だって……。そいつは本当かい」

「へえ、何かしらの縁があるんでしょうねえ……」

宇吉はそれで、ちょっと小粋な四十半ばの女の跡をつけて、今は居所を確かめた帰りなのだそうだ。

「そいつはでかした。うまくやったな……」

思いがけぬ間の好さに竜蔵は破顔して、軽く宇吉の背中をさすってやった。

宇吉の報せによると、女はおせいといって、兆法寺からは北へ少し歩いたところの〝うなぎ縄手《なわて》〟の仕舞屋《しもたや》に独りで住んでいるという。

この辺りには植木職人が多く住んでいて、その家も元は植木職人の住まいであったようだ。

「そんなら、後家か、囲われ者ってところかい」

竜蔵は兆法寺まで宇吉を送ってやりながら、あれこれと訊ねた。

「いや、そこまではよくわかりませんが、近所の人の話では、〝すあい〟をしているってことですぜ」

〝すあい〟とは、品物の取引の仲介をする者のことで、主に衣服を扱う女を指していう。

「すあい、か……」

「もっとも、おせいさんが風呂敷《ふろしき》包みを抱えているところを見た者はほとんどいねえってえますから、旦那が残してくれた蓄えで暮らしているのかもしれませんがねえ……」

宇吉の話し口調はすっかりと、御用聞きのものになっていた。

昔取った杵柄《きねづか》とはいえ、久し振りに人の跡をつけ、まんまと名と住処《すみか》と職まで調べあげられて、宇吉も気分がよかったのだ。

「ありがとうよ……」

竜蔵は大喜びで、宇吉にさらに小銭を与えると、ひとまずその日は三田の道場へと戻った。

いずれにせよ、おせいという女――。ただの町場の女とは思えなかった。

「まったく親父殿は隅に置けねえ男だな……」

帰り際にもう一度、虎蔵が眠る峡家の墓を見つめながら、これでまた自分の知らぬ父の姿が知れると、竜蔵はニヤリと笑ったのである。

三

——まったくおれも勝手なもんだ。

竜蔵は自戒の念を込めつつ、早速、その翌朝にうなぎ縄手へと出かけた。

先日、志津が虎蔵の墓を参った折は、多忙を理由に、綾と鹿之助に雷太を付けて送り出し、自分は門人達との稽古に時を費した。それなのにおせいという気になる存在が出来ると、何をさておき本郷辺りまで出かけるわけである。さぞや、綾も心の内では苦笑いをしていたに違いない、と竜蔵は少しばかり反省をしたのである。

とはいえ、兆法寺の宇吉に聞いた折は、日も暮れてきたので、とりあえず帰ったものの、いったいおせいがどのような女で、亡き父とどのような間柄であったのか、すぐに確かめねば気が済まなかったのである。

宇吉の話では、朝の内はまず家にいるであろうとのことであったので、夜が明けるやすぐに舟を仕立てて向かった。

つい先日までは暑さに日々顔をしかめていたのに、早朝の川風はもう肌寒さを覚える。

時の移ろいは早いものだ。

酷暑、極寒にあっても平気でいられるようにと、若い頃は〝心頭を滅却すれば火もまた涼し〟とばかりに、自分自身を騙《だま》して平静を保とうとした。

しかし、このところは、暑さ寒さを素直に受け入れて、体で季節を楽しむことで平常心を保つようになっていた。

かつて沢庵《たくあん》が柳生但馬守《やぎゅうたじまのかみ》に与えた〝不動智神妙録〟の中で、剣の境地は禅の無念無想の境地と同じであると、〝剣禅一如〟を説いた。

この言を、剣客達は皆己が修行の中に生かさんとしたものであるが、竜蔵なりに〝剣禅一如〟を突き詰めるに、無念無想とはどんな状況におかれても楽しめる境地だと思い立った。

自分は神仏ではない。化生の者でもない。

ただの人でしかない。

人は食べねば死ぬ。眠らねば気を失う。体に覚える痛みは、生きるために神仏が人に与えた警告である。

それを超越して無念無想など、あらゆる欲を捨て切れぬ自分が到達出来る世界ではないと早々に諦《あきら》めてしまったのだ。

だが、心身に覚えるすべての感覚を楽しもうと思った時から、平常心を保てるようになった。

このことについては、竹中庄太夫にしか語ってはいないが、父・虎蔵が生きていれば、己が平常心の保ち方は間違っているだろうか訊ねてみたかった。

それが、父がこの世にいない何よりの無念であると思っている。

——ふふ、だがきっと親父が生きていれば、そんなことはどうだっていいや、などとそっぽを向いたに決まっているだろうが。

竜蔵は小さく笑った。

これから自分は〝剣禅一如〟などとはほど遠い、親父の昔の女に会いに行くのであるのが、馬鹿馬鹿しかった。

頑強なる峡竜蔵である、舟など乗らずとも駆けつければ好いものだが、かつての父の女ならば、会いに行くのに汗みずくでは気が引ける。

それがまた、我が事ながら滑稽《こっけい》に思えてきたのである。

肌寒かった川風も、岸へ着く頃には秋晴れの下の爽《さわ》やかなものに変わっていた。

そこから本郷へと道を急ぎ、目指すうなぎ縄手にはすぐに着いた。

宇吉から聞いていた通り、西行寺《さいぎょうじ》の門前におせいの住む仕舞屋があった。

以前は植木職人が住んでいたというから、その名残であろうか、出入口は腰高障子になっていて、張り替えられた障子には右隅に〝ふる着〟と申し訳程度に書かれてあった。

「ごめん、おせいさんはいるかな」

竜蔵は外からよく通る声で呼びかけた。

すぐに、

「はい、どちらさまで……」

と、応《いら》えがあった。

少し嗄《か》れた、年増女特有の低い声音であったが、竜蔵の声にどことなく威厳を覚えたのであろうか、その物言いは丁重であった。

「直心影流剣術指南の峡竜蔵という者だ。すまぬが、ここを開けてくれぬか……」

竜蔵は続けて名乗った。

その刹那《せつな》、障子戸の向こうに、はっと息を呑《の》む気配がして、しばしの沈黙が続いた。

「ふッ、ふッ、殴り込みに来たわけじゃあねえよ。礼を言いに来たのさ……」

竜蔵はくだけた物言いで尚《なお》も声をかけた。

すると、すぐに戸が開き四十半ばの女の顔が明らかになった。

細面で色の白い女であった。目尻《めじり》の皺《しわ》は隠せぬが、鼻筋が通って、少しばかり厚ぼったい唇に、かつては男に騒がれたであろう名残を留《とど》めていた。

「おせいさんだね……」

竜蔵はにこりと頰笑んだ。

女は啞然《あぜん》として竜蔵の顔を見つめた。そこに、かつての虎蔵の面影が重なったのであろう。

「せいでございます……。あなた様はやはり……」

おせいは、恐る恐る竜蔵に問いかけた。

「言うまでもねえだろうよ。峡虎蔵の倅さ。いつも親父の墓を参ってくれていると聞きつけて、一目会いたさに尋ねて来たってわけだ……」

「とんでもないことでございます……。勝手に何度もお邪魔をして申し訳ございませんでした」

「はッ、はッ、おれは礼を言いに来たのだ。謝まることはない。だが、息子としては、聞かせてもらいたい話もある……」

竜蔵はそう言うと、少し威儀を改めた。

「お父上様に、ほんによく似ておいでございますねえ……」

おせいは初めてにこりと笑った。

伝法な口を利いてみたり、厳かな武士の佇《たたずま》いを見せたり、おせいにとって峡虎蔵は、まるで今の竜蔵と同じような、強さの中にえも言われぬおかしみのある男であった。

おせいは竜蔵を土間に続く六畳の間に請じ入れて、甲斐甲斐《かいがい》しく酒肴《しゅこう》を調えてもてなした。

家の中は広めの土間に二間続き。

土間には行李《こうり》が二つ置いてある。ここに古着などが入っているのであろうか。

部屋の内は、水屋に小さめの長火鉢に行灯《あんどん》、向こうの部屋の隅に枕屏風《まくらびょうぶ》が立っていて、夜具の目隠しになっている他はこれといって調度もない。

しかし、あっさりしている中にも、色合いや大きさに色気があって、すべてに小粋な趣があった。

「ああ、本当に、日頃から何事につけてもきれいにしておかないと、どんなお人が訪ねてみえるかもしれませんねえ……」

おせいは薄化粧をしていたが、竜蔵の前で髪のほつれを気にかけて、縞《しま》木綿の着物に半纏《はんてん》を引っかけた姿を恥ずかしがった。

「いや、あれこれ気遣いは無用でござるよ……」

竜蔵はかえって恐縮したが、おせいは峡虎蔵の息子がわざわざ訪ねてきてくれたことに感じ入って、きっちりともてなさねば気が済まないようだ。

その上に、かつての虎蔵が目の前に座っているような気がすると、小娘のようにはしゃいでいる。

この様子を見る限りにおいても、おせいが虎蔵に格別の想いを抱いていたことがわかる。

おせいは、有田焼の片口に酒を満たし、秋茄子《あきなす》の香の物にけずり節をふりかけて出すと、

「ひとまずこれでご辛抱くださりませ……」

尚も肴《さかな》の用意に走ろうとした。

「それには及ばぬゆえ、これにいて話を聞かせてはくれぬかな……」

竜蔵は笑顔で押し止めた。

「ははは、お前さん相手に飲みに来たわけじゃあねえんだ」

「左様でございましたね……」

おせいはやっとのことに落ち着いて竜蔵の前に腰を下ろした。

そして改めて、竜蔵の前で手を突くと、

「出過ぎたことをしまして、お騒がせをしたようにございます」

再び詫びた。

「もう謝まらずともよいゆえ、とにかく親父殿との所縁《ゆかり》を聞かせておくれな」

「はい……」

「峡虎蔵に世話になったことがあったのかい」

「それはもうひとかたならぬお世話に……」

おせいは虎蔵との思い出を、ぽつりぽつりと嚙《か》みしめるように話し始めた。

おせいは武州南多摩郡の貧農の娘として生まれ、十七の歳で中山道深谷《ふかや》の宿へ、旅籠《はたご》の飯盛女として、身売り同然に奉公へ出された。

客の酒の相手をして、時には夜の付き合いもする――。

そんな暮らしが続いたのだが、元より器量が好くて気風《きっぷ》の好いおせいは、次第に売れっ子となっていった。

おせいを贔屓《ひいき》にしたのは、旅の者だけではなかった。処の顔役・見返《みかえ》りの秀五郎《ひでごろう》もまたおせいを気に入り自分の酒席に呼び、大金をはたいて相手をさせた。

そのうちに、どうにも自分だけの物にしたくなってきた。

中山道において、ひとつ江戸寄りの熊谷《くまがや》の宿には飯盛女がいなかったから、深谷は大いに賑わいを見せていた。その中でもおせいは人気が高く、なかなか思い通りにならないので、秀五郎も苛々《いらいら》としてきたのである。

その頃、見返りの秀五郎は、賑わう深谷の盛り場を仕切り、泣く子も黙る存在であった。

宿場の飯盛女の一人、何とでもなると高を括《くく》り、おせいのいた旅籠に身請け話を持ち込んだ。

旅籠としては悪い話ではなかったのだが、おせいがここへ来るにあたっての借金は、彼女の働きによってほとんど消えていたので、おせいの気持ちを大事にしてこれを渋った。おせいが秀五郎を忌み嫌っていたからである。

秀五郎は喧嘩の力に物を言わせ、随分と阿漕《あこぎ》な稼ぎをしていた。

高利貸に人買い、強請《ゆす》りたかりにいたるまで、荒っぽいやり口には目に余るものがあった。

以前には、おせいを贔屓にしてくれた青物商の客を、気に入らないというだけで難癖をつけて町にいられないようにした。

おせいにはこれが我慢ならなかったのだ。

それゆえに、このところは秀五郎に呼ばれると、あれこれ理由をつけて断ってきた。

身請けなど、とんでもない話であったのだ。

そのうちに年季も明けるし、旅籠にも随分と儲《もう》けさせてきた自負もある。

どうせ安く買い叩くつもりなのは目に見えている。それよりは後二年足らず、今の暮らしを続けた方が店の儲けにもなるというものである。

おせいは無理に客の夜の相手をしなくとも、奉公しながら習い覚えた、唄《うた》と三味線で座敷に出るだけでも稼ぎになっていた。

別段今の暮らしを続けることが苦にならないのだ。

「どうぞ、断ってくださいまし」

おせいは、旅籠の主《あるじ》に即答した。

だが、そうなると秀五郎も意地になる。

泣く子も黙る壮年の身が、たかが宿場の飯盛女に袖《そで》にされたのでは恰好がつかない。

荒くれの浪人の用心棒を使いに立てて、半ば脅しつつ執拗に話を進めてきた。

秀五郎一家に睨《にら》まれては、客達も恐がって旅籠には寄りつかなくなる。

旅籠の主には世話になっていたゆえに、おせいも見ていられずに、ついにはこれを承知せずにはいられなくなった。

峡虎蔵が、ふらりと深谷の宿に現れたのはそんな時であった。

虎蔵は、唄、三味線が出来るというおせいの噂を聞きつけ、これを呼んだ。

秀五郎が執心なのを知り、近頃では旅の物好きな客しかおせいを座敷に呼ばなくなっていたから、おせいの身は空いていた。

客は旅の浪人というから、秀五郎の用心棒の鬼と狐《きつね》が合わさったような顔が頭に浮かんで身震いがしたが、いざ行ってみると、洒脱《しゃだつ》で豪快で、世にこれほどまでにすっきりとした男がいるものかと驚いた。

「お前は本当のところはもっと好い女なんだろうなあ……」

軽口を交わしながら楽しい一時を過ごすと、虎蔵はつくづくと言った。

「今はいけませんか……」

おせいが訊ねると、

「今の憂いのある顔もまた好いが、お前は、もっと気風の好い楽しい女だと思ったまでよ。それがお前には似合いのような……」

虎蔵はそう応えて、おせいの抱えている悩みを言い当てた。

おせいは酌をしながら、世の中には峡虎蔵のような気持ちの好い男がいるのに、どういう因果で、秀五郎みたいな悪党から言い寄られるのか――。

それが悔しくて仕方がなかった。

おせいは溜息《ためいき》をつくと、

「さすがは旦那、やっとうを極めたお方には何もかもお見通しなのでございますね。はい、あたしはあれこれと悩み事を抱えております……」

と、今置かれている自分の境遇を虎蔵につくづくと吐露した。

虎蔵は話を聞くとニヤリと笑って、

「なに、おれはやっとうを極めてはおらぬが、女の気色がやたらと気になるのだよ」

満足そうに頷くと、処の顔役・見返りの秀五郎を拒み続けたというおせいの心意気を手放しに誉めた。

「お前は大したもんだ。親分かなにかは知らねえが、その秀五郎てえのはとんでもねえ野郎じゃねえか」

そして、力に物を言わせて女を思うがままにしようという秀五郎の不粋に憤った。

おせいは虎蔵に話を聞いてもらってすっきりしたと喜んだが、

「まあ、あたしのような女は、それでもこんな暮らしから抜け出せるだけでも、ありがたいと思わないといけないのでしょうねえ……」

秀五郎をとんでもない奴だと虎蔵の前でこき下ろせばこき下ろすほどに、そんな下らない男に落籍《ひか》されねばならない身が嘆かわしかった。

すると虎蔵はそんなおせいの様子を見るや、

「そう嘆くんじゃあねえや。おれはお前が気に入った。何とかしてやろうじゃあねえか」

と、事もなげに言ったのである。


「あたしは狐につままれたような想いでございました……」

おせいは当時を思い出して、うっとりとした表情を浮かべた。

竜蔵は苦笑いで、

「大よそのところは見えたよ。力ずくで事を運ぶ奴には力ずくで話をつけてやる……。そんなところだな」

「はい。次の日から虎蔵先生は、町のあちこちで秀五郎の乾分《こぶん》達と喧嘩を……」

「どうせ相手が喧嘩を売ってくるように仕向けたんだろう」

「そのようで……」

最後の喧嘩は三日目の朝の決闘であった。

それまでに十人近くが虎蔵によって足腰が立たぬようにされていたので、秀五郎一家は乾分が七人に用心棒が一人。これに虎蔵は樫《かし》の棒を手にただ一人で立ち向かった。

しかし乾分達は既に虎蔵の神がかった強さを見てしまっていて、一様に腰が引けていた。頼みの用心棒も秀五郎とは金だけの繋がりであるから、まともに斬《き》り合って命を落とすなどさらさら御免だとまるでやる気がなかった。

虎蔵はそんな相手の心情をよくわかっている。

一団と対峙《たいじ》するや、樫の棒を用心棒に投げつけ、初めて抜刀すると恐ろしい勢いで斬りかかった。

その凄《すさま》じさに用心棒は恐れをなして逃げた。

そこからは納刀して棒を拾いあげた虎蔵が辺りを駆け回り、逃げまどう乾分達を追い回す展開がしばし続き、

「おみそれいたしやした……」

と、秀五郎は手を突いて虎蔵に詫びたのだ。

途端、虎蔵はにこやかになって、

「まあ手を上げてくれ。わかってくれりゃあいいんだ。この上は手打ちといこうじゃねえか……」

と、秀五郎の肩をぽんと叩いたのであった。

——まったくおれも親父と同じことをしているぜ。

虎蔵の武勇伝に、竜蔵は苦笑いをした。

別段、真似《まね》をしたわけでもないのに、喧嘩相手とことが済めば親しくする、それによって相手をうまく乾分にしてしまう——。

そんなことを竜蔵自身何度したであろうか。

「なるほど、それで親父殿は秀五郎のおごりで一杯やって、めでたく手打ちとなって、秀五郎がお詫びの印に何かさせてくだせえ、なんて言うように話をもっていって、そんならお前が落籍したおせいという女をもらっていくぜ……。なんてところに落ち着いたってわけかい」

まったくどっちがやくざ者かわからないと、竜蔵は呆《あき》れ顔で言った。

「仰《おつしや》る通りでございます」

「それで親父殿は、お前さんを秀五郎からぶん捕ってどうしたんだい」

「そのまま一緒に旅に連れていってくださいました」

「ほう、親父はお前さんに惚れたようだ」

「惚れたのはあたしの方で……。浦和の宿で、先生はあたしを置いて、また廻国《かいこく》修行の旅に出られました」

「そうかい。まあ、女連れで剣術修行はできぬゆえにな……」

浦和の宿には、虎蔵の馴染の旅籠があり、そこの女中として雇ってもらえるよう話をつけて、

「この先は、まともな男を見つけて一緒になりな！」

と、虎蔵は風のように去っていったという。

「まともな男と一緒になれ、か。随分と恰好をつけたもんだ」

竜蔵はいかにも峡虎蔵らしいと頷いて、

「そんなことがあったから、今でも墓を参ってくれているってわけかい」

「あたしにとっては何よりの恩あるお人でございますから」

「親父殿も喜んでいようよ……」

「ありがとうございます」

「忘れずにいてくれることが何よりの供養だ。こっちの方こそ、忝《かたじけの》うござる……」

改めて竜蔵は威儀を正してみせたが、その姿にあの日の虎蔵を見たのであろう。たちまち、おせいの目からぼろぼろと涙がこぼれ落ちた。

四

それから小半刻《こはんとき》（約三十分）ばかりで、峡竜蔵はおせいの家を辞した。

またひとつ、自分が知らなかった父親の逸話が聞けて、竜蔵は上機嫌であった。

三田二丁目の道場へ帰ると、その日は早々と稽古を切り上げ、鹿之助を膝《ひざ》に乗せ、綾の手料理で酒を飲んだ。

そして、給仕をする内弟子の竹中雷太共々におせいから聞いた件の昔話を、おもしろおかしく語った。

虎蔵を知らぬ雷太は、

「さすが、先生のお父上様でございますね」

と興奮気味に話を聞いたが、綾はいかにも虎蔵がしそうなことだと頰笑みつつ、

「それで、おせいさんは義父上と浦和で別れた後はどうなさっていたのです?」

それからのことが気になるようである。

「浦和で暮らすうちに、旅の男と好い仲になって、江戸に出てきたそうだ」

「何年くらい前のことなのでしょう」

「いや、そこまでは訊いていないが……、江戸に来て、旦那の商売を手伝いながら親父殿の行方を尋ねたところ、峡虎蔵は死んじまっていた。それで墓を探しあてて、そっと参っていたというわけだな」

「その旦那さんは、どうなさっているのですか」

「それが、何年か前に死んじまったそうだ」

「そうでしたか。何をしていた人なのですか？」

「何とは？」

「生業でございます」

「さあ、おせい殿は今、すあいをしているというから、古着でも商っていたんじゃあねえのか」

「よく働いて、それなりの物を遺《のこ》されたのでしょうね」

「まあ、なかなか小ざっぱりとした家に住んでいたから、そうなんだろうよ」

「はい、そうでないと、ご自分の主人だけではなく、義父上のお墓まで足繁く参ることなどできません……」

「うん、そりゃあそうだ。すあいをしていると言っていたが、あんまり商いに出ている様子はなかったからな。考えてみれば死んだ亭主と、恩を受けた男の墓参りに明け暮れていては商売もそっちのけになるってものだ」

「さぞかし好いお方と夫婦になられたのでしょうね」

「きっとそうだろう。この先は、まともな男と一緒になりな……、親父に言われた言葉を守ったのに違えねえや」

「早くに亡くなったのが残念でございましたね」

「まったくだ。それでもまあ、宿場の飯盛女の頃を思えば幸せだろうよ」

竜蔵はつくづくと言った。

「めし、もり、おんな……」

膝の上の鹿之助がきょとんとして竜蔵の顔を見上げた。

「ははは、鹿之助にはわからぬな。飯の仕度をしてくれる女のことさ」

竜蔵は飯盛女という言葉に食いついた鹿之助を見て、ニヤリと笑った。

「ははうえ……」

鹿之助はそれを聞いて、じっと綾を見つめた。

「ふッ、ふッ、母上は飯盛女ではないのだ。そんなことを人に言うでないぞ」

竜蔵は大笑いをして、鹿之助のぷくりとした頬《ほお》を軽くつねってやった。

鹿之助は、やはりきょとんとしたまま、竜蔵が小さく割ってその小さな口に入れてくれた里芋をぱくりと食べた。

「お前の爺様は、強くてやさしい男だったってことだ。お前もそんな男になれ」

鹿之助はこっくりと頷いた。

〝強い〟〝やさしい〟〝男〟そんな言葉を鹿之助は聞き慣れている。

竜蔵は鹿之助にとりたてて説教がましいことはしないが、今はこの三つの言葉だけを体に刻むように聞かせているのである。

「でも、無茶はいけませぬ」

すかさず綾が鹿之助に言った。

綾はというと、この言葉を鹿之助にすりこんでいる。

「うむ、そうだな。無茶はならぬぞ」

竜蔵も相槌《あいづち》を打ったが、

「あなた様も……」

すかさず綾に言われて、

「おれを親父殿と一緒にするな……」

と、渋い表情を浮かべ、それからはもっぱら鹿之助の世話を焼いたのであった。

綾は笑いを呑み込む雷太に、給仕はよいから食事をとるようにと伝え、少し呆れ顔で息子と戯れる竜蔵を見つめていた。

――とどのつまり、このお方はお父上が大好きなのでしょう。

虎蔵の墓をそっと参っている者の正体が知れたというのに、竜蔵は虎蔵の話ばかりが気になり、当のおせいの今は、ほとんどいい加減に聞いて帰ってきたようである。

——まあそれにしても、義父上はとてつもなくおもしろいお人ですこと。峡虎蔵の何と痛快なことか。

墓参りの女の事情は大方察しがついていたが、こうして聞いてみると、峡虎蔵の何と痛快なことか。

そして、相手の今をあれこれ訊ねるわけでもなく、素直に亡父の墓を参ってくれているおせいに謝し、虎蔵の武勇伝と人情を嬉しそうに聞いて帰ってきた竜蔵の仕儀もまた、男のかわいさに溢《あふ》れているではないか。

思い計ってみると、おせいが虎蔵と出合った時、虎蔵は今の竜蔵くらいの歳《とし》であったはずである。

美しい思い出は歳を取らない。

おせいは、虎蔵に似た竜蔵を間近に見て、さぞや若い頃の自分に戻って胸をときめかせたことであろう。

そう思うと、虎蔵、竜蔵の血を引く鹿之助が、綾にとっては何物にも替え難い宝物であるという実感が沸々と湧《わ》いてきた。

鹿之助にはさらに、自分の血も、亡父・森原太兵衛の血も交じっているのである。

綾は竜蔵と鹿之助が戯れる姿を、飽きることなく見つめていた。

「墓参りもしてみるものだな……」

今度のことで竜蔵は思い知らされた。

今までもまるで参らぬわけではなかったが、生前、父・虎蔵は、

「墓参りなどする奴の気が知れねえ……」

とよく言っていた。

「おれが死んでも墓参りなんぞよしにしろ。おれはあんな辛気くせえところにはいねえから、供養をしてえと思うなら、どうしようもねえ馬鹿な親父だったと、時折、笑い話にして思い出してくれりゃあ、それでいい」

竜蔵は父のこの言葉には頷けるものがあった。

皮肉屋で、心にもないことを言う虎蔵であったが、これは心から言っているように思えた。

それゆえ、素直に心に刻み、峡家の長男として最低限の墓参りをこなし、出来るだけ、〝馬鹿な親父〟を思い出すようにしてきた。

それは、藤川弥司郎右衛門、森原太兵衛に対しても同じで、墓へ参るより、一日一度は必ず思い出すよう心がけてきた。

しかし、参って知る亡父の姿もあるようだ。

おせいと会って数日後。

竜蔵は、下谷長者町の藤川道場へ出稽古に行った。

藤川弥司郎右衛門には男子がなく、娘婿となった次郎四郎近徳《じろうしろうちかのり》に跡を継がせた。

ところが、この次郎四郎は、弥司郎右衛門が亡くなった同年に没したために、残された十一歳の弥八郎《やはちろう》は弥司郎右衛門の高弟・赤石郡司兵衛の後見によって藤川道場を継いでいた。

その弥八郎も今では二十二歳となり、藤川道場の後継者にふさわしい剣客に成長していた。

さらに弥八郎の弟・鵬八郎《ほうはちろう》も十九歳となり、非凡な剣才を見せ始めていた。

鵬八郎はやがて藤川整斎《せいさい》の名で広く知られる剣豪となるのだが、それはまだ後の話である。

峡竜蔵はこの兄弟の成長を願い、時折は長く内弟子として過ごした藤川道場へ稽古をつけに行っていたのだ。

「ははは、弥八郎殿も鵬八郎殿も強うなられた。少しでも気を抜くと、たちまち打ち込まれる……。これで藤川道場も安泰でござるな」

竜蔵は兄弟の成長を喜びつつもその日の稽古を終え、昼過ぎに道場を出たのだが、門人達を見回すと、自分が猛稽古に励み、父・虎蔵が師範代を務めた頃とはがらりと変わっていて、知った顔を探す方がむつかしい。

それが何とも切なくて、竜蔵の足は知らず知らずのうちに本郷へと向かっていた。

竜蔵以上に、藤川弥司郎右衛門を敬愛していた虎蔵の墓前に、恩師の孫二人が随分と立派な剣士になったと、報せておきたくなったのだ。

――おれも歳をとったものだ。

稽古の後、亡父の墓に行ってみたくなるなどとは、若い頃には考えられなかった。

だがその想いは、意味もなく珍しい物を求めて、まだ見ぬ土地へ出かけた子供の頃の感情に似ている。

――てえことは、歳を取るってのは、子供に戻るってことか。ははは、何やら庄さんが言ってるみてえだな。

何事にも哲学的な物の考え方をしつつ、日々の暮らしに涼を求める――。そんな竹中庄太夫を思い浮かべて、竜蔵はふっと笑った。

初めて竹中庄太夫が道場に訪ねてきた時の歳に、自分がだんだんと近付いてきたことに気付いたのだ。

藤川道場から虎蔵の墓がある兆法寺まではほど近い。

寺男の宇吉に、この前の礼を言っておこうと姿を求めたが、生憎《あいにく》今は使いに出ているようでいなかった。

それで、まず墓所に足を踏み入れると、虎蔵の墓前に屈み込んで手を合わせている者がいる。

おせいであった。

墓に何かを語りかけていた。

竜蔵は咄嗟《とっさ》に、墓の脇に立つ樟《くすのき》の大樹の陰に隠れて息を殺した。

いったい何を話しかけているのか聞いてみたくなったのだ。

先日、おせいに会って日頃の虎蔵への供養についての礼を言い、理由を訊ねたものの、つい虎蔵の昔話に夢中になり、おせいの今については皆目知らぬまま三田へ戻っていた。

綾はそれについては別段苦言を呈さなかったが、あれこれおせいと会って話したことなど語るうちに、随分といい加減な対面であったと思えて、後悔の念が湧いていた。

何か困っていることなどないか、それくらいは訊くべきであったものを――。

虎蔵の墓に何を語っているのかを聞いておけば、おせいが今置かれている状況がわかるかもしれない。

その内容次第では、墓参りの礼に託《かこつ》け一肌脱いでやってもよいと、思ったのである。

「先生……、あたしは、江戸を出ようか……、なんて思っているんですよ……」

おせいは何やら深刻な話をしているようだ。

竜蔵は、おせいが心の内に大きな屈託を抱えていると見てとり、じっと耳を澄ませた。

「こうして先生のお墓に手を合わせて我が身の不甲斐なさをお許し願おうと思って参りましたが、若先生にわざわざお訪ねいただいては、面目次第もございません……」

おせいはひたすら墓前で頭を下げ、虎蔵に詫びていた。

――いったい親父殿に何を詫びているのだ。

竜蔵は怪訝な面持ちで、さらに様子を窺《うかが》っていたが、次第にその顔が険しくなってきた。

そして、おせいが墓前から立ち去るまで、竜蔵はひたすら樟の陰にいて、彼女の前に姿を現そうとはしなかったのである。

五

「こいつは縄手の姐《ねえ》さん、ご苦労さんで……」

〝あけぼの屋〟という質屋の暖簾《のれん》を潜ると、まるで客の姿はなく奥から目付きの鋭い若い衆が出てきて、おせいに頭を下げた。

「いるかい……？」

おせいは、ぽつりと呟くように問うた。

「へい、ちょいとお待ちを……」

若い衆は、さっと帳場の奥の一間に入ると、またすぐに戻ってきて、

「どうぞ……」

と、おせいをその一間に案内した。

「何でえ、このところ顔を見せねえから、どうしちまったのかと思っていたところだぜ」

一間にいるのはこの店の主人・隅蔵《すみぞう》であった。

隅蔵は五十絡みの偉丈夫で、一言一言に猛獣のような重い響きがある。

日頃は帳場に老番頭を一人置いて、表には滅多に姿を見せない。その理由がよくわかる、このいかつい角張った顔を見れば誰も質草を入れになど来まい。

だが、隅蔵にとって質屋の主などは表向きの顔に過ぎない。

ここ根津権現《ねづごんげん》裏で、あけぼの屋隅蔵というと、裏の世界では相当に恐れられている

親分なのである。

その稼ぎは、高利貸し、盗品の売買、喧嘩の代行、美人局《つつもたせ》に至るまで、悪いことならすべてやる。

こんな男に、おせいは何の用があるというのだろうか。

しかも、隅蔵の乾分からは、〝縄手の姐さん〟などと呼ばれているのも妙である。

「お前には、あれこれと手伝ってもらいてえことがあるのさ」

隅蔵は、そう言いながらおせいに座るよう目で促した。

――どうしてこんな男と関わらないといけないのか。

おせいは、ちょっとふてくされた面持ちで、長火鉢を挟んで前に座した。

隅蔵は、おせいの亡夫・梅三《うめぞう》の兄貴分であった。

梅三とは浦和の宿にいる頃に知り合った。

峡虎蔵に助けられ、世話をしてもらった旅籠の女中として働き、新たな女の幸せを求めたおせいであった。

「この先は、まともな男を見つけて一緒になりな！」

虎蔵はそう言って、おせいの前から去っていったが、一時は飯盛女として人気をさらった利かぬ気のおせいにとっては、この〝まともな男〟というのがよくわからなかった。

仕事熱心で、酒や博奕《ばくち》も控え目で、喧嘩早くなくて、やさしく穏やかな男――。

それが虎蔵の言うまともな男なのであろう。

だが、そうだとすれば、まともな男ほどおもしろみがなかった。

おせいは峡虎蔵という快男児に触れてしまっていたから、まともな男に女として魅力を覚えることなど出来なかった。

喧嘩が強く、何事にも豪快な男を知らず知らずのうちに求めてしまうようになっていた。

おせいの器量と気風の好さに惚れる男は多く、その中には亭主にするには申し分のない者もいた。

しかし、誰からの求婚にも応じぬまま浦和で数年が過ぎた。

旅籠の主人からは女中の束ねを任されて、奉公にも張りがあったし、飯盛女であった過去は、すんなりと町の女房にはなれぬ、引っ込み思案の自分を造ってしまっていた。

それと共に、叶《かな》わぬことだと心の内に抑えてきた虎蔵への恋慕が、おせいの婚期を遅らせたのである。

そして、ある日風の便りで浦和に届いた、峡虎蔵の死の報せが、おせいの心を荒《すさ》ませた。

この上もない落胆は、旅籠で奉公をする気力さえ奪った。

だがそれでは旅籠の主への義理が立たぬゆえに、誰か自分を浦和から連れ去ってくれる男はいないかと思うようになった。

そこへ現れたのが梅三であったのだ。

梅三は三つばかり歳上で峡虎蔵を思い出させるような引き締った体付きをしていた。男としての押し出しもよく、おせいを気に入ったからか、やさしげに声をかけてくれた。

話を聞けば、梅三は江戸で古着屋を営んでいて、方々旅に出ては仕入れをしているという。

おせいは梅三に惹《ひ》かれた。

梅三の方もおせいを気に入っていたから、二人はすぐにわりない仲となり、やがて夫婦となって旅に出た。

だが梅三はおせいに嘘《うそ》をついていた。

江戸で古着商を営み、仕入れに旅をしているというのは表向きで、その実、梅三は江戸で悪事を働きほとぼりを冷ますために転々としていたのであった。

兄貴分であるあけぼの屋隅蔵が、盗品売買を巡って破落戸といざこざを起こし、梅三はそ奴を殺害して、骸《むくろ》を深川洲崎《すさき》の沖合に沈めて江戸を出たのであった。

旅先では旅籠に泊まる時もあったが、多くの場合二人の落ち着く先は古着の仕入れ先とは思えないやくざ者の家であったり、処の親分が用意してくれた仕舞屋であった。

おせいもそれなりに世の中を渡っているから、梅三が堅気の古着商とは思っていなかったが、まさか江戸のやくざ者の身内であるとまでは思いもよらなかっただけに、梅三が徐々に己が身上を明かす度に、

「この先は、まともな男を見つけて一緒になりな！」

と、言ってくれた峡虎蔵を思い出し、胸を痛めたものだ。

しかし、梅三は凶悪な兄貴分の隅蔵に比べると、女、子供、年寄にはやさしいやくざであった。初めのうちは女房連れの方が怪しまれずにすむと思って、おせいと一緒になったようだが、

「お前はまったく好い女だぜ……」

旅を続ける間に、すっかりと惚れてしまった。

やくざ者ではあったが、おせいも浦和の外へ連れ出してくれと自分から言った手前、

文句は言えなかったし、やがて梅三の情にほだされていった。

そうして、二年ばかり旅暮らしが続いた後、ほとぼりを冷ました梅三に連れられて、おせいは江戸に来た。

あけぼの屋隅蔵は梅三を労《ねぎら》い、根津権現裏にほど近い、うなぎ縄手に住まいを与え、再び己が仕事を手伝わせた。

おせいは隅蔵一家の身内からは〝姐さん〟と呼ばれる身になった。

やくざな暮らしの中で峡虎蔵の面影はおせいの心の内からは既に消えていた。

かつて人を殺《あや》めた梅三は、荒っぽい仕事からは離れ、古着商を表看板にして、盗品の売買や禁制品の捌《さば》きを生業として隅蔵を助けた。

おせいも自ずとその仕事を手伝うようになり、隅蔵一家の中でも一目置かれる存在となった。

そんな暮らしが十年ほど続いたある日、梅三は風邪をこじらせたと思うと、呆気《あっけ》なく死んでしまった。

夫婦の間には子供がなかったし、女一人の身となったおせいはその後も隅蔵の許で働くしか道はなかった。

梅三は、自分が死ねば女房のおせいには、何か商売でもさせてやってくれと隅蔵には頼んでいたのだが、隅蔵はそうはさせてくれなかった。

「商売するったって骨が折れるし、料理屋か旅籠の女将に納まったところでいくらにもならねえや……」

隅蔵はそう言って、五日に一度は根津権現裏へ顔を出すようにと言った。

顔を出すと、隅蔵はおせいに二両か三両の金を渡し、儲け仕事があると、

「ちょいと頼まれてくんねえ」

と、持ちかけた。

てきぱきと用を済ませ、気風も好く、器量好しの名残を色濃く留めるおせいは、時に大商家の後家に扮したり、料理屋の女将に扮したりして、盗品や禁制品の受け渡しを巧みにこなした。

だが、五日に一度は顔を出し、一家の中でも〝姐さん〟と立てられていたおせいであったが、このところはせいぜい十日に一度くらいしか隅蔵の許を訪ねなくなっていた。

梅三が死んでから五年が経ち、おせいは今の暮らしに倦《う》んでいたのである。

悪いことでも、縁あって一緒になった梅三に頼まれたゆえに手を染めてきたが、いつまでこんな暮らしを続けていくのかと、生きていることに疲れてきたのだ。

二年前に知ったある事実が、そんな想いを一層募らせることになる。うなぎ縄手の家から目と鼻の先の兆法寺という寺に、あの峡虎蔵の墓があったのだ。

思えば峡虎蔵の身上についてはほとんど知らなかったのだが、藤川道場という名代の剣術道場の門人であるとは聞いていた。

江戸へ来た時はそんな思い出が胸を過《よぎ》ったが、中山道深谷の宿で、見返りの秀五郎というやくざ者を忌み嫌う、その心意気が気に入ったと、虎蔵はおせいを助けてくれたのである。それなのに、秀五郎よりもさらに凶悪な、隅蔵一家で〝姐さん〟と呼ばれる身になった自分は、江戸へ来たとて、恥ずかしくて藤川道場に近寄ることも出来なかった。

それが、ある日、兆法寺から出てきた一人の武士を見て思わず立ち止まった。そこにあの峡虎蔵が立っているかのように見えたからである。

それは正しく虎蔵の息子・竜蔵であったのだが、立派な剣客風の武士の跡をつけるわけにもいかず、おせいは吸い寄せられるように、寺の墓所へ入り、墓を見回った。

「先生……」

そしておせいは、そこに峡虎蔵の墓石を見つけて、崩れ落ちるかのようにその場に跪《ひざまず》いた。

その瞬間、二十数年前峡虎蔵に助けられてからこの方の日々が、邯鄲《かんたん》の夢のごとく思われて、涙がとめどなく流れたのだ。

「お許しください、お許しください……」

自分は今やっと夢から醒《さ》めた。それが、すぐ近くにあった、峡虎蔵の墓のご利益だと、おせいは思ったのである。

それからは三日にあげず、峡虎蔵の墓に参った。

墓に参ることで、虎蔵との誓いを破った自分の不甲斐なさを責め、ひたすらに詫びたのである。

そんなことをしたとて、もう何もならないことはわかっていたが、詫びると気が晴れた。

やがておせいは、体の具合がすぐれないなどと、あれこれ理由をつけて、根津権現裏の隅蔵の許へ顔を出すのを避け始めた。

とはいえ、四十半ばを過ぎた女が生きていかねばならないのだ。隅蔵と縁を切ることは出来なかった。一旦《いったん》、悪事に手を染めた者が、そこから出るのはたやすいことではない。

おせいはそれを痛いほどわかっていた。

それゆえに虎蔵の墓に詫びつつ、尚も隅蔵からの頼まれ事を時にこなしてきたのであるが、二年前に姿を見かけた虎蔵の息子・竜蔵に墓参りを気取られ、そのおとないを受けると、もう堪《たま》らなかった。

久しぶりに、質屋に隅蔵を訪ねたこの日――。

おせいは隅蔵に、暇乞《いとまご》いをするつもりであった。

だが、そんな女の気配がわからぬ隅蔵ではなかった。

顔を見るや、まず手伝ってもらいたいことがあると言ってから、

「嫌だとは言わせねえぜ……」

と、睨むようにおせいを見た。

「そうですかい……」

おせいは、自分の心の内を既に悟られているとわかって、

「もうあたしもいい歳だ。そのうちに下手をして、迷惑をかけるんじゃないか……。それが気になりましてねえ」

と、溜息交じりに嘯《うそぶ》いた。

それがおせいの取り繕った言い訳と知りつつ、隅蔵もそこは弟分の女房である。

「そんなこたあ、気にするねい。お前にはこの隅蔵がついているんだ。そのうちに楽

をさせてやるから、今はおれの言う通りにするんだ。いいか、おれとお前はもう堅気に戻れねえほど手を汚しているんだ。弱気になった時が命取りだぜ……」

他の乾分達に見せる恫喝《どうかつ》めいた物言いではなく、諭すように言った。

だが、言葉の裏からは、逃げても無駄だ、おかしな気を起こせば、弟分の女房でも容赦はしないという強い警告が込められている。

おせいは力なく頷いた。

裏の世界では、隅蔵の言うことこそが即ち法であった。

人を殺してほとぼりを冷ましに旅をしていた男の女房になり、江戸へ出てからはその悪事に加担してきたのだ。

悪の深みにはまった者は、そのまま死ぬまで続けるか、逆って殺されるか、お縄になって獄門台に送られるかしか道はない。

――いっそ覚悟を決めて、隅蔵の悪事を訴え出てやろうか。

おせいの脳裏にそんな想いも過ったが、それをしたところで、隅蔵はしゃあしゃあと言い逃れるであろう。

剃刀《かみそり》で喉《のど》を掻き切って死ぬ勇気もないのだ。結局おせいは縁を切りたいとは言い出せず、隅蔵に従うしかなかった。

今度の役目は、上方下りの後家に扮し、さる大店の隠居に、今尚残る色気を使って近付いて、隠居をいかさま博奕に引き込むことだそうな。

すべてを諦めたおせいの耳に、

「この先は、まともな男を見つけて一緒になりな！」

遠い日の峡虎蔵のやさしい声が寂しく聞こえてきた。

六

その日、峡竜蔵は大目付・佐原信濃守邸への出稽古に赴いていた。

供は神森新吾の従兄弟《いとこ》である津川壮介《つがわそうすけ》が務めていて、内弟子の竹中雷太は、朝から稽古場へ出て、竜蔵の息子・鹿之助に型の稽古をつけていた。

内弟子は気が休まることがない。

それゆえ、竜蔵は時として雷太を供から外して子供の相手をさせるのだ。

その間は、妻・綾も随分と助かる。

数え歳三つの子の相手をしつつ、道場内の家事をこなすのはなかなかに大変なのだ。

もちろん、峡道場には雷太の他にも若い門人が何人かいて、あれこれ雑用をこなしてはいるが、まだ女中を雇うほどの余裕もなく、綾は日々奮闘しているのである。

そしてこんな時綾は、一番弟子で道場の執政として君臨する竹中庄太夫と、二番弟子で師範代を務める神森新吾とで、近頃の峡竜蔵の動向について確かめ合うことにしている。

三十八歳となり、すっかりと剣術師範としての風格も思慮も備ってきたとはいえ、竜蔵は未だに〝剣俠〟を標榜《ひょうぼう》するあまりに、時として暴走してしまうことがある。

大抵の場合は、竜蔵の行き過ぎたお節介が元になって一騒動起こるので、この三人だけは尻拭《しりぬぐ》いをしなければならない立場ゆえに、日頃から竜蔵の様子には目を光らせているのだ。

今日、綾が相談しておきたかったのは、密《ひそ》かに峡虎蔵の墓を参っていたおせいについてのことであった。

竜蔵は、虎蔵の墓前で己が罪を懺悔《ざんげ》して許しを乞うおせいの姿を偶然に見てしまった。

かつて中山道深谷の宿で、おせいは悪党の親分・見返りの秀五郎に言い寄られていたところを虎蔵に助けられて、浦和で暮らせるようとりはからってもらった。

ところが、墓に語りかけるおせいの言葉から察するに、おせいはその後、虎蔵の戒めも聞かず、あけぼの屋隅蔵というやくざ者の身内になって暮らしているというのだ。

今度のことは、父・虎蔵の恋模様に関わるかもしれないので、竜蔵はさすがに御用聞きの網結の半次には、おせいの身辺について調べさせはしなかったのだが、そんな事情を聞くと黙ってはいられなかった。

結局、半次をそっと呼んで、ひとまず、根津権現裏の〝あけぼの屋〟という質屋と、ここの主・隅蔵の評判を確かめてもらった。

それらはすぐに判明した。

「隅蔵てえのはなかなかの悪党ですよ。おせいという女も、奴の身内でちょっとした悪婆のようですねえ……」

半次は、隅蔵一家の現状を語り、おせいが今まで何度となく悪事に手を染めているのは明らかだと竜蔵に告げた。

「なるほど、それで、親父殿の墓へ参って、こんなことになっちまったことを詫びているってえのかい」

竜蔵は、何を今さらと、虎蔵の好意を踏みにじったおせいに腹を立て、

「わざわざ寺のおやじに金を握らせて調べさせなきゃあよかったぜ……」

と、居間の内で綾にこぼしたのである。

「おせいさんにも色々とあったのでしょう」

綾は、女一人生きていく身の辛さを想い、竜蔵を宥《なだ》めて、

「まずお怒りになりながらも、そこから救け出してやろう……、そうお思いなのでは……？」

と、少しばかりからかうように言った。

先日も、男に騙されて危うくその身を売られてしまいそうになった竹中庄太夫の知り人・おさよを助けに、竜蔵は三ノ輪のやくざ者・お山の東三一家に単身殴り込んだ。

今度もそうしてやるつもりではないのかと、夫への心配も含めて言ったのだが、

「馬鹿なことを言うな。あの折とは話が違う」

竜蔵はこれを言下に否定した。

おさよの場合は、まっとうに生きようとしていたところを騙されたのであって、一度も悪事に手は染めていない。

しかし、おせいはというと、虎蔵の忠告も聞かずに、やくざ者と一緒になって今まで悪事に手を染めてきたのだ。

隅蔵とて、秘事を知るおせいをたやすく外に出せるはずがない。

「まず、身から出た錆《さび》というものだ。悪党が親父殿の墓を気安く参るなと言いたいところだよ」

それから竜蔵は、一切おせいの話はしなくなった。

亡くなって二十年経つ今も、虎蔵を慕う女がいて、墓参りをそっと続けている。理由を問えば、かつて気にそぐわぬやくざ者に落籍されるところを虎蔵によって、助けられた恩義があるという。

近頃、胸のすく話であったものを、それだけに興醒めも甚しかった。

今も悪事に手を染めている女にまでお節介を焼いていられるものか――。

竜蔵はそこまでおれもお節介焼きの物好きではないと、不快を顕わにした。

根はやさしい竜蔵であるから、心のどこかにおせいの哀れさは覚える。

それだけにますます気分が悪いのだ。

綾は竜蔵の気持ちがよくわかるだけに、何も言えなかった。

そして、この数日、竜蔵は口数も少なく時折溜息をついては、それを打ち払うように稽古場では自らが防具を着け、門人達の相手をした。

そんな様子が、竹中庄太夫、神森新吾にとっても気にならないはずがなかった。

二人は竜蔵の留守中、綾からあらましを聞いて、

「なるほど、それで御機嫌が悪かったのですね」

暴れるに暴れられない現状が、竜蔵にとっては歯がゆくてならないのであろうと新

吾が顔をしかめれば、

「おせいという女のことは、先生が仰せのように身から出た錆でござるな。先生とていつまでもやくざ者相手に暴れているわけにも参りませぬ。早くこのことは忘れていただきましょう」

庄太夫はしかつめらしく頷いて、どこかでおせいに会い、この先虎蔵の墓参りは控えてもらいたいと、はっきり断っておくべきかもしれないと言った。

「庄太夫さんの申される通りかもしれませんね……」

竜蔵が不快ならば、そっとおせいに会っておくことも大事だと、綾も同意した。

とにかく今は、その間合を計るために竜蔵の機嫌の変化を見極めようということになって、三人はそれぞれ持ち場に戻った。

その日の昼過ぎに、竜蔵は佐原邸から道場へと帰ってきたが、相変わらずむっつりとして口数も少なく、綾の給仕で夕餉《ゆうげ》をとり、酒は一合ばかりに止《とど》めて、気を落ち着けんとするためなのか書見などしてから床に入った。

翌日は本所出村町の桑野《くわの》道場へと、雷太を供に出かけた。ここの稽古場は竜蔵の祖父・中原大樹の学問所の敷地内にある。

道場主の桑野益五郎《ますごろう》は、竜蔵より歳が十九も上で学んだ道場も違えど、同じ直心影流にあって二人は昔から交誼を温めてきた。

桑野道場も峡道場に負けず劣らず発展を遂げ、今では三十人を超える門人がいて、竜蔵の出稽古を桑野はいつも心待ちにしているのだが、日暮れて三田二丁目の道場へと戻ってから、竜蔵の表情に変化が表われた。

相変わらず押し黙っていたが、少しすっきりした風情があった。さらに翌日は供を連れず、一人で再び佐原邸へと出かけた。

竜蔵の佐原邸への出稽古は月に三度と決まっているので、何用あってのことであろうかと、留守中、綾、庄太夫、新吾は再び寄り集って首を捻《ひね》った。

三番弟子である網結の半次は、こんな時は気を利かせて道場には寄りつかないので、竜蔵の真意はよくわからなかった。

ただ、機嫌は数段よくなっているようではある。それは綾だけではなく庄太夫と新吾も感じていたことであった。

「まず、何かを企んでおられるようで……。先生は、身内に嘘はつけぬお方でございますから……」

庄太夫は、そのうちに明らかになるであろう、それまで楽しみに見守っておきましょうと、頰笑んだのである。

庄太夫が言うように、竜蔵が何かを企んでいるのは明らかであった。

その日は遅くに佐原邸から戻り、左の頬にほんのりと出来た腫《は》れを指して、

「佐原様のお屋敷に来客があって稽古を望まれたのだが、恰好をつけて素面でお相手仕《つかまつ》りましょう、などと言ってこの様だ。相手は喜んだが、掠《かす》られたとは油断であったよ」

ほろ酔いに顔を綻《ほころ》ばせたかと思うと、その翌日は、

「ちょいと、夢に出てきたから、爺様に会ってくるよ。歳が歳だけに気にかかってならねえ」

と、本所出村町に出かけた。

昨日より尚、今朝は機嫌が好く、やたらと鼻をこする様子を見て、綾の心も晴れてきた。

子供の頃は母・志津に、一家の主になって後は妻の綾に――竜蔵は嘘をつく時、やたらと鼻に手をやるのである。

七

その夕、峡竜蔵の姿は、本所出村町の中原大樹の学問所内にある、母・志津の居間

にあった。

「では、万事つつがなく……」

「はい」

「それはご苦労でしたね」

「随分と骨が折れました」

「どうせ、助けてあげるつもりであったのでしょう」

「いえ、そんなつもりはござりませなんだ。母上の仰せに従ったまでのことにて……」

「ふふふ、親の言うことはよく聞くものですよ」

「承知いたしておりまする」

「頼りになる息子を持って幸せです」

ふっと母子は笑い合った。

「いやいや、それにしても母上が、おせい殿にお会いになっていたとは……」

「この母を見くびってはなりませぬぞ」

先日。

桑野益五郎の道場で出稽古を務めた折。

竜蔵はその帰りに祖父・中原大樹と母・志津を訪ねた。

同じ敷地内のことゆえ、二人への挨拶《あいさつ》はいつも欠かさずにいたのだが、その折、志津はそっと竜蔵を呼んで、

「貴方の父上のお墓に、人知れず參っているお人のことですが……」

と、切り出した。

「母上……」

驚く竜蔵を真っ直ぐに見て、

「おせいさんのことですよ。どうせ貴方も綾殿も、わたしに気遣って、内緒にしておくつもりだったのでしょう」

志津はニヤリと笑った。

「やはりお気付きでしたか……。しかし、どうしてそれを……」

「寺の宇吉殿に問い質《ただ》したのですよ」

「宇吉……！　あのおやじ、口外するなと言ったのに両方から銭を巻き上げやがったな……」

「よいではありませんか。それでわたしも会うことができたのですから」

志津は既におせいに会ったと告げたのだ。

おせいは、虎蔵の息子・竜蔵のおとないを受け、礼を言われたことに恐縮と興奮を覚えていた。

その上虎蔵の妻であった志津が訪ねてきたので、もうすっかりと取り乱してしまい、虎蔵から受けた恩義をふいにして、ろくでもない暮らしを送っている身を、

「穴があったら入りとうございます……」

と、すべて打ち明け手を突いて詫びたという。

「左様でございましたか……」

竜蔵は苦笑いをした。

自分は網結の半次まで動かしたというのに、志津はただ一度の出合いで、おせいの近況を聞き出せたのだから、

「母上はやはり格が違いまするな……」

と、頭を掻くしかなかったのだ。

志津は、おせいが自棄《やけ》になって、旅の梅三とかいうやくざ者と一緒になったのは、

「みんな峡虎蔵という男のせいなのです」

それゆえ、助けてやれと竜蔵に言った。

「この一件において、父上に非はござりませぬ……」

竜蔵は、あくまでもおせいの身から出た錆なのだと志津の言葉を退けたが、

「いえ、あの人のせいです……」

志津はきっぱりと言い切った。

そもそもが、自分からお節介を焼いて、女心を摑《つか》んでおいて、とどのつまり浦和の宿に置き去りにして、自分はすぐに大坂で河豚の毒にあたって死んだ。これでは惚れてしまった女は堪らない。

秀五郎一家と喧嘩をしたのも、義俠と言えるが、虎蔵にしてみれば己が強さを磨くための稽古であり、道楽であるとも言える。

「言ってみれば、己が物好きと気まぐれで、女の心を弄んだようなものです」

そう言われると、確かにそのようにも思えてくる。それは虎蔵が志津に与えた、〝幸せな苦労〟にも当てはまる。即ち、峡虎蔵という破天荒にして男の魅力に溢れた者の妻に成り得た喜びと、そんな男を夫に持ったがための女の苦労である。

「あのお人は亡くなってしまったのです。息子のお前には、尻拭いをする義務があります。助けておやりなさい……」

そう言われると、母に弱い竜蔵には是非もなかった。

昨日、竜蔵は、佐原信濃守邸へ出向き、ある願いを申し出た後、根津権現裏の曙の

里にある居酒屋に、尾羽うち枯らした酔っ払いの武士の体で入り、やかましく騒ぎ立てた。

その居酒屋には、あけぼの屋隅蔵一家の乾分共が毎夜のごとくたむろしていると聞いたので、まず殴られに行ったのだ。

「何をうだ吐《ぬ》かしてやがるんだ。この酔っ払えの三一《さんぴん》が！」

と、殴られるのに時はかからなかった。

竜蔵はだらしなく伸びて、

「お、覚えていろ……」

と、弱々しい足取りで、乾分達の嘲笑《ちょうしょう》を浴びながら店を出たのである。

左の頰が少しばかり腫れていたのは、佐原邸において素面で稽古をしたゆえではなく、その時の名残であったのだ。

そして今日、朝からうなぎ縄手におせいを訪ね、目を丸くする彼女に、

「ちょいと付き合ってくれぬかな……」

と言って、有無を言わさず同道させて隅蔵一家の拠点であるあけぼの屋へ殴り込んだのだ。

「おう！　おれを覚えているな……。武士の顔をはたきやがって、このままで済むと

思ったのかい。お前ら皆殺しにしてやらあ！」

そう言って、次々に乾分達をなぎ倒したのであった。

泣く子も黙るといっても、たかだか乾分は十人ばかりで、日頃は何をするかわからない破落戸に恐れる町の衆を、嵩《かさ》にかかって脅しつける連中である。

一度、滅法強い武士を前にすると、たちまち意気地がない。

しかも、その強さたるや天狗《てんぐ》のごとき峡竜蔵を前にすると、呆然として、

「か、勘弁しておくんなせえ……！」

と、泣き叫ぶばかりであった。

共に連れてこられたおせいは、そこにあの日の虎蔵の勇姿を見て、身内の連中が叩き伏せられているというのにうっとりとした。

――あたしは、こうして助けてもらったんだ。

きっとその息子は同じことをしてくれようとしているのであろう。

そう思うと、深い感動に包まれた。

「どうぞご勘弁なされてくださりませ……」

ついに隅蔵が竜蔵の前に手を突いた。

だがさすがに親分である。胆は据っていた。

これだけ強い武士が、酔っていたとはいえ乾分に殴られて黙って帰ったのだ。何か意図があったに違いない。まずそこを訊ねて、あわよくば自分の用心棒に取り込んでやろうと思ったのだ。

「乾分の不始末、何としてお詫びいたしやしょう」

隅蔵は竜蔵の望みを問うた。

一旦、話し合いに持っていった上は、この浪人が無法に出れば、日頃飼い馴らしてある役人をして、身動き出来ぬようにしてやる——。

内にはそんな想いも秘めていたのであったが、目の前の男がそんな小っぽけな武士ではないことを隅蔵はすぐに思い知らされることになる。

「左様か、了見いたさばそれでよい。某《それがし》は御公儀大目付・佐原信濃守様の御屋敷にて、剣術指南を務める峡竜蔵と申す者だ」

竜蔵は途端に威厳ある剣客の顔となり、自らの身分をはっきりと明かしたのである。

「お、大目付様の、剣術指南の先生で……」

隅蔵は、竜蔵の堂々たる口上に圧倒された。

「不審の儀あらば、佐原様の御屋敷をお訪ねするなり、三田二丁目の我が道場へ参ればよいぞ」

「へ、へへえ……」

「そう畏《かしこ》まらずともよい。あけぼの屋の親分、喧嘩の後は男らしく和議と参ろう」

「え……？　ではお許しくださるんで……」

「ああ、当たり前だよ……」

竜蔵はここでまたくだけた口調となって、

「おれは役人でも何でもねえんだ。ちょいとお前に頼みがあるのさ」

と、頬笑んだ。竜蔵のこの喧嘩の緩急は、正しく名人芸である。幾多の修羅場を潜った隅蔵が、

「何なりとお申し付けくださいやし！」

と、とろけるように応えていた。

「ありがてえ……。頼みってえのは他でもねえ。このおせいさんを返してもらいてえんだ」

竜蔵はちらりとおせいの顔を見てから隅蔵に話を切り出した。

「あ、あ……」

それを聞いておせいは口を開けて涙声を発した。

隅蔵も驚いて、

「返す……、とはいってえ……」

「昔、中山道は深谷の宿で、見返りの秀五郎って親分に落籍されたおせいさんを旅の剣客がもらい受けた……」

「そういやあ、そんな話を聞いたことがございます」

「その剣客は峡虎蔵。おれの死んだ親父だ」

「さ、左様でござえやしたか」

「それでよう、親父が死んで何の気の迷いかしらねえが、この姐さんはお前の弟分の梅三と一緒になった」

「そいつはまた、縁でございやすね……」

「ああ、おれも先頃知って驚いた。だがな、親父が妹分のようにかわいがったっていうおせいさんだ。そうと知れりゃあ、お前みてえなやくざ者の許に置いちゃあおけめえ」

「ごもっともで……」

「だから、もらっていくぜ」

「へい、こいつは畏れ入りやす……」

気を呑まれたまま隅蔵が手を突いた時、おせいは父子二代に渡る奇跡に、身を震わせて泣き濡《ぬ》れたのであった。

「ふふふ、それは峡虎蔵の手口と同じですね……」

話を聞いて志津は愉快に笑った。

「教えてもらったわけではございませぬが」

竜蔵は少し口を尖《とが》らせた。

「やくざ者と話をつけるのは、この手が何よりというわけですね」

「はい」

「それで、おせいさんをどうしました」

「佐原様のお屋敷で奉公をすることに……」

「ご迷惑ではなかったのですか」

「以前、お殿様が、しっかりとした女中がいればよいのだが……、とこぼしておいでであったのを思い出してお願いしたところ、快くお受けくださりました」

「それは何よりでした。さすがは竜蔵殿、佐原様からのお覚えがいかにめでたいかが窺えます」

「あのお殿様も、若い頃は暴れ者で、随分と物好きなのでございますよ」

「佐原様のお屋敷にいれば、この先危ない目にも遭わずに済みましょう。この前、会って話をした時も、どこかで女中奉公などして、また忙しい毎日を暮らしてみたいと言っていたので、ちょうどよかったかと。思えば貴方も立派になったものです」

志津は、諸事貫禄《かんろく》が備ってきた我が子の姿に思わず目を細めた。

何かというと厳しい言葉を投げかけてきた母が、このところはやたらと自分を誉める――。

竜蔵はそこに気丈な母の老いを見て胸が詰ったが、子供の頃以来、久しぶりに母と戯れ合った心地となり、

「そういう母上も、思えば物好きなお方でございますな」

少しからかうように言った。

「そうですか」

「はい。親父殿が世話をした女を、息子のわたしにまた助けてやれなどと」

「それも旦那様への供養ですよ……」

志津は嘯いてみせたが、心の内ではうきうきとして、先日おせいと会った折に、彼女から聞いた虎蔵の言葉を思い出していた。虎蔵はおせいと別れる時、こう言ったそうな。

「おせい、すまねえがお前を江戸へは連れていってやれねえんだ。江戸には志津っていう、惚れた女がいるのさ……」

——それを聞くと、何やらおせいさんに申し訳なくて、助けてあげたくなったのですよ。

こんなことを言えば自慢たらしくなるかと、志津はその言葉を呑み込んで年々虎蔵に似てくる我が子の顔を、しばし惚れ惚れとして眺めていた。

第四話　刀狩

一

暦の上では冬となった。

銀杏《いちょう》の葉も黄色に染まり、紅葉が江戸の町を彩り始めていた。

この日の夜は幾分風が強かった。

三谷豪太郎《みたにごうたろう》は、提灯《ちょうちん》も持たずに神田川の土手、柳原《やなぎわら》通りを歩いていた。

縁道の木々は忙しなく枝葉を揺らし、人気のない道筋に物の怪《もののけ》が鳴いているかのような物哀《ものがな》しい音をたてている。

だが三谷の姿はどっしりとして厳かで、鬼さえも避《よ》けて通るのではないかと思えるほどに威を湛《たた》えていた。

「寄らば斬《き》るぞ……」

落ち着き払った表情からは、そんな剣気が放たれているのである。

三谷豪太郎は、方円《ほうえん》流の使い手である。

方円流は、九州小倉《こくら》の大名・小笠原《おがさわら》家に仕える直円之輔守一《あたいえんのすけもりかず》によって開かれた剣術である。

小笠原家には名剣士が多く、その中でも浦野一歩光譓《うらのいっぽみつあき》は世に称せられていた。

一歩は、制剛《せいごう》流柔術、眼心流剣術、以心《いしん》流居合、宝蔵院《ほうぞういん》流高田《たかだ》派槍術《そうじゅつ》を修め、さらに無眼《むがん》流、無天流をも修行したという。

直守一はこの浦野一歩の弟子で、彼もまた諸流を学び師に認められ、一流を立てることを許されたのである。

門人二千を数える方円流・直門下にあって、三谷豪太郎は傑出した才を見せた。

浪人の出であった三谷は、心おきなく剣術に打ち込み、やがて江戸に出て己が道場を構えるまでとなった。

齢《よわい》三十。神田橋御門内の小笠原家上屋敷への出稽古《でげいこ》も務めるようになったことで、鎌倉河岸にある稽古場にも門人が集まり始め、剣客としての日々は、順風満帆といったところである。

その自信が三谷の貫禄《かんろく》を押し出している。

今日は御先手《おさきて》組の組屋敷に招かれ、型を披露した後、酒肴《しゅこう》の馳走《ちそう》に与《あずか》り、今時分の帰りとなった。

風は随分と冷たかった。それでもまだ今頃の肌寒さは、ほろ酔いに火照った体を落ち着けるにはちょうどよい。

和泉橋にさしかかる辺りで、三谷は歩みを止めた。

人の気配を覚えたのである。

しかも、自分に敵意を向けているような――。

小倉にいる頃には、

「素浪人めが……」

という蔑《さげす》みと共に、刺すような鋭い目でよく睨《にら》みつけられたものだ。

その多くは、三谷豪太郎の剣に勝てぬ負け惜しみゆえのもので、

「ふッ、いくらでも悔しがっていろ……」

三谷はその都度、勝ち誇った気になり、自分に敵意を抱く者との立合で、相手を完膚なきまでに叩《たた》きのめしてやる肥としたのであった。

順風満帆とはいえ、浪人の身からここまできた三谷には、自分に向けられる邪気を察する能力が備っているのだ。

ゆっくりと辺りを見回すと、柳の下に黒い影があった。

狐狸妖怪《こりようかい》の類《たぐい》ではない、そこには人間の男が一人立っていた。男もまた提灯を持っていなかったが、夜目に慣れた三谷には、それが浪人風の武士であることがすぐに知れた。

武士は小柄で、頭巾を被《かぶ》り手には筵《むしろ》を抱えるように持っている。

それが、じっと三谷を見つめているので、

——こ奴め、夜鷹《よたか》の上前をはねる陰間ではあるまいな。

三谷は腹の内で笑いつつ、

「某《それがし》に何か用でもござるか」

と、努めて穏やかに問いかけた。

さらに闇《やみ》に目が慣れて見たところによると、武士は自分と同じ三十絡み。髪は乱れ、着ている小袖《こそで》も袴《はかま》も着古した粗末な物であった。

細部まではわからぬが、顔付きは平べったくて、素朴な百姓男という趣である。

まさかこの男が辻斬《つじぎ》りでもあるまい。

ましてや、自分に意趣を持っているとは思えない。

それゆえ、三谷は思い過ごしであった、武士として丁重に扱ってやろうと思ったのである。

「ぶ、無躾《ぶしつけ》ながら……」

武士は柳の下からゆっくりと出てきて、三谷に言った。

舌足らずなのか、どうも言葉がよく聞きとれない。

三谷が小首を傾けたので、武士は一度息を吸って、

「方円流・三谷豪太郎殿と、お見受けいたした……」

それからゆっくりと噛《か》み締めるように問いかけてきた。

三谷は、思いもよらずこの小男が自分の名を知っているので怪訝《けげん》な表情となって、

「いかにも左様……」

と、鋭い目を向けた。

普通の者であれば、三谷豪太郎のこの視線には堪えられぬはずであるが、

「某は、山出《やまで》流・井中剣峰《いなかけんぽう》と申す者にて……」

武士はそう応《こた》えた。

「いなか、けんぽう……？」

聞くほどにおかしな名前である。

あるいは、舌足らずゆえに聞き違えたかと思われたが、この井中という武士は、まるで取り乱した様子もなく、

「左様にござる。実はちと願いの儀がござってのう」

なかなかに傲岸《ごうがん》な口調で語りかけてきた。

三谷は馬鹿らしくなって、

「貴公に付き合っていられるほど某も暇ではない。御免……」

と、井中を無視して歩き出したが、

「ぜ、是非にも付き合うて、くだされたい……」

井中は三谷に立ちはだかった。

その動作は、朴訥《ぼくとつ》とした百姓らしきものではなく、やたらと素早かった。

――こ奴め。

それが三谷を苛々《いらいら》とさせた。

「何を付き合えと申すのだ！」

三谷はついに気色ばんだ。

小さいながらも一道場の主《あるじ》。新進気鋭の剣客としてもてはやされている身に、この小さな浪人者は不埒《ふらち》にも喧嘩《けんか》を売るというのか――。

なまじ動きが鋭いだけに、笑ってすまされなくなったのである。

「今はこの場に、某と三谷殿しかおり申さぬ。これにて、立合うてくださらぬかさらに井中は、こともあろうに立合を申し込んだ。

「この三谷豪太郎に立合を望むとな……」

三谷は怒りを通り越して呆《あき》れてしまった。

しかし、井中は真顔を闇の中に浮かべ、

「いかにも、勝った方が負けた方の差料をいただく……。これでいかがかな」

手にした筵の中から、袋竹刀を二振り取り出して、一振りを三谷に差し出した。

さすがに三谷も堪忍がならなかった。

こんなところで待ち伏せをされ、聞いたことのない名の剣士と立合うなど、三谷にとっては余りに馬鹿馬鹿しい話であった。

このままやり過ごしても好《よ》いと思ったものの、互いに袋竹刀で立合おうというのである。

間違っても、この井中剣峰を殺してしまうこともあるまい。

――おのれ、二度と世迷い言を言えぬようにしてくれるわ。

その想《おも》いが込み上げてきて、

「ふッ、その筵は袋竹刀を隠すためのものであったか。おもしろい。それほどまでに申すのなら、まず相手になってやろう」

袋竹刀を受け取って、土手の一隅にその身を移した。

そこは川辺の野になっていて、闇夜に星影が降り注いでいた。

「忝《かたじけな》い……」

井中剣峰はこれに続いた。

早く終らせてしまうに限る。

「いざ……」

三谷は余裕の笑みを浮かべて袋竹刀を構えた。

人を食ったようなこの小男は、恐らく剣術好きの変わり者で、名だたる剣客を捉《とら》えては立合を望み古《いにしえ》の剣豪に思いを馳《は》せて悦に入っているのであろう。

袋竹刀ならば安全であるし、相手が名だたる剣客であれば、加減をも心得ているはずだ。そんな甘い考えを持っているに違いない。

――だが、このおれは生憎《あいにく》、そこまで人間ができてはおらぬぞ。

肋《あばら》の一本や二本は覚悟しろとばかりに気合をこめた。

だが、井中はというと淡々として、袴の股立《ももだち》を取り、襷《たすき》を十字に綾《あや》なし、己が差料を傍の木の幹に立てかけた。

「うむ……」

三谷は、これに倣《なら》い、一旦《いったん》構えを解くと、大刀を腰から抜いてその横に立てかけた。

井中は無言で一礼をすると、袋竹刀を構え、

「それ、それい！」

と、低い掛け声を発した。

「ふん、口ほどにもない……」

三谷は嘲笑《ちょうしょう》して呟《つぶや》いた。

井中は、三谷が対峙《たいじ》するや、無恰好《ぶかっこう》に腰を屈《かが》め、袋竹刀を肩に担いだのだが、その姿が百姓が畦道《あぜみち》で鍬《くわ》を担いで休息しているかのように映ったのである。

──それでよくも、この三谷の相手を望んだものだ。

三谷は、八双《はっそう》に構えを直した。

どうせ、意表を突こうとしての構えであろう。出るところで竹刀を叩き落し、胴に一撃を見舞うつもりであった。

しかし、井中は豪胆にもそのまま、つつッと間合を詰めてきた。

あともう少しで、三谷の袋竹刀が井中の体を捉える間合まできたが、三谷は打ち込めなかった。

百姓が鍬を担いだような姿と見たが、いざ対峙すると、まるで隙《すき》がないのである。

――こ奴め、わけがわからぬ。

三谷は牽制《けんせい》の一刀を、

「ええいッ！」

と、振り下ろすや、さっと後ろに下がってこの間合を嫌った。

その刹那《せつな》、井中の顔がニヤリと笑った。

さすがは三谷豪太郎であると、相手の力量に満足したのである。

常の剣客ならば、怒りに任せて己が技を頼みに、遮二無二打ちかかったであろう。

この間合に危険を覚えたというのは、小倉の道場にて、直守一の門人を十人まで仕合稽古で抜いたという三谷のただならぬ実力を物語っていた。

そして、何ともその動作が美しかった。

打ちつつ下がり、また、八双に構えるところなど、さながら名人の舞を見ているかのごとくである。

そして、この美しい剣を、無恰好なこの剣で打ちのめしてやるとばかりに、井中は顔を綻《ほころ》ばせながら、さらに間合を詰めた。

三谷の体中から冷たい汗が噴き出した。

汚ないことこの上ない構えであるが、井中のそれは未知の剣に相対する恐怖を三谷に与えていた。

――これはまず太刀筋を確かめねばなるまい。

三谷は誘いをかけるかのように、井中の体の中心めがけて、目のさめるような突きを繰り出した。

すると、何と井中は横に倒れてこれをよけ、ごろごろと転がったかと思うと、同じ構えに戻った。

その動きは、余の者が見れば〝起き上り小法師《こぼし》〟のようで頬笑《ほほえ》ましく映るかもしれなかったが、三谷は瞠目《どうもく》した。

滑稽《こっけい》でおもしろみに溢《あふ》れているが、それは動きに無駄がないゆえのことで、人には真似《まね》の出来ない動物のもののように思える。

この瞬間、三谷豪太郎は尋常の立合とは違う戦い方を強いられたのである。

これが天才剣士の技に迷いを生じさせた。

相手の心を読んだかのように、井中はすっと背筋を伸ばし、一瞬、美しい青眼の構えを見せた。

「うむッ！」

ここが勝機と三谷は井中の袋竹刀を、払って前へ出た。

その刹那、井中は先程とは反対側に転がり、またすっと百姓が鍬を担いで屈んでいる姿勢に戻った。

三谷はそれを待っていた。

「ええいッ！」

と、先ほどで摑《つか》んだ間合に強烈な突きを入れた。

ところが、待っていたのは井中の方であった。一連の動きはこの一打を引き出すためのもの――。

「やあッ！」

井中は屈んだ状態からそのまま跳躍して、突き技で伸び切った三谷の腕を嘲笑《あざわら》うように、頭上から袋竹刀を手首の返しだけで打ち込んだ。

闇の中に乾いた音が響いた。

井中の一打が、三谷の脳天を捉えたのだ。

その音は一瞬にして、風が木々を揺らす音にかき消され、三谷はその場に屈み込んだ。

三谷への一撃は加減されていて、命を奪うほどの強打ではなかった。

だが、彼の体中の力を萎《な》えさせるには十分で、三谷は不様にも両手で頭を抱えるようにして地に転がった。

「ならばこの差料は某がもろうて参る……」

朦朧《もうろう》とする意識の中、三谷は二振りの袋竹刀と己が差料を筵にくるみ、冷たい風と共に土手の通りの闇へ消えていく井中剣峰の姿をかすかに見た。

二

「井中剣峰……？　何だいそいつは……」

峡竜蔵がふっと笑った。

「それがまったくの謎《なぞ》なのですよ……」

中川裕一郎《なかがわゆういちろう》が首を捻《ひね》ってみせた。

「夜、いきなり現れて、差料をかけての立合を望むそうで……」

「しかも相手は、三十絡みの名の売れた剣客ばかりか……」

「はい、この一月の間に、方円流の三谷豪太郎、神道一心流《しんとういっしん》の明徳禄右衛門《めいとくろくえもん》……」

「ほう、その二人はかなりの遣い手と聞いている。それが、共に刀を奪われたというのかい」

竜蔵は興味深そうな目を裕一郎に向けた。

中川裕一郎は、芝愛宕下の長沼道場で、師範代に名を連ねている剣客である。

同じ直心影流であることから、日頃より峡道場とは交誼《こうぎ》を重ね、時折稽古に来ては
このような噂話《うわさ》をしていく。

大きな鼻に、細い目が人懐っこい人となりは、若い頃から変わらない。

それゆえに話をしやすいからか、裕一郎には竜蔵が知らない剣術界のことなどがあれこれと耳に入ってくるようで、今日は密《ひそ》かに噂として広まり始めた、井中剣峰の刀狩について語り始めたのであった。

裕一郎が思った以上に竜蔵はこの話に食いついた。

今は、稽古が終り、母屋の居間に、竹中庄太夫、神森新吾が同席して恒例の酒宴の席であった。

「そうか、明徳禄右衛門までが、な」

竜蔵は大きく息を吐いた。

明徳禄右衛門は、小川町広小路に道場を構える、櫛淵彌兵衛《くしぶちやひょうえ》の門人で、件《くだん》の三谷豪太郎と同じく、このところは浪人の身ながら師の大名、旗本諸家の出稽古に供《とも》をして、その実力を知られるようになっていた。近頃では、

「神道一心流に明徳禄右衛門有り」

と言われている。

櫛淵彌兵衛は、かつて江戸で直心影流を学んだことがあった。

その繋《つな》がりで明徳が、竜蔵がかつて学んだ藤川道場で稽古をした折、藤川派の若き家元・弥八郎とほぼ互角に立合ったという。

先日も竜蔵は藤川弥八郎に稽古をつけたが、彼は二十二歳ながら、藤川道場の主に相応《ふさわ》しい腕を身につけていた。

方円流の三谷豪太郎に加えて、弥八郎と同格の明徳禄右衛門をも袋竹刀で負かし、彼の愛刀・近江守助直《おうみのかみすけなお》を奪うとは、俄《にわか》には信じられないことであった。

「さらに……」

裕一郎は続けた。

「まだいるのかい」

「はい。それが、わたしの相弟子である、森山伝之介《もりやまでんのすけ》殿も、差料を奪われたと、噂になっております」

「なに、森山伝之介が……。はッ、はッ、こいつはおもしれえや」

竜蔵は破顔した。

森山伝之介は、中川裕一郎の弟弟子にあたる。

書院番組頭を務める千石取りの旗本の息子で、武官の家柄としてよく剣を修め、生家の力もあり剣名を高めた。

しかし、負けず嫌いで気性が激しく、時として荒っぽい剣風を見せ、同門の士を辟《へき》易《えき》させることも多々あった。

旗本の息子だけに、先代の長沼正兵衛《しようべえ》も持て余したものである。

竜蔵はそんな様子を聞きつけ、ある日正兵衛に持ちかけて森山伝之介を佐原信濃守邸での出稽古に連れていったことがあった。

伝之介が、峡竜蔵何するものぞと勢いこんでいると聞きつけたので、一度、思い知らせてやろうと思ったからだ。

直心影流一の暴れ者と聞いていた竜蔵に対して、理由のない敵愾心《てきがいしん》を抱いていた伝之介であったが、その峡竜蔵が時の大目付の屋敷で剣術指南をしていると知って、その勢いが弱まった。

旗本千石の威を誇る者に限って、五千石の旗本の屋敷への稽古に誘われると、たちまち栄誉を覚えるものであろうか。

「峡先生、どうぞよしなに……」

と、伝之介は態度を一変させた。

――なめた野郎だ。

竜蔵はその日、信濃守に臨席を請い、そこで伝之介の剣技を大いに誉めつつ、苦痛に音をあげるまで稽古をつけてやった。

それから後、森山伝之介は大人しくなり、長沼正兵衛から免許を得た後は、森山家の武芸場に引っ込んで、家中の士や近隣の子弟達に稽古をつけるようになった。

時折、己が稽古を長沼正兵衛につけてもらうことはあれど、このところは浅草三筋《みすじ》町《まち》の屋敷にいて剣客を気取っているのだが、長沼道場にとってはそれが幸いであったといえる。

その森山伝之介もまた、井中の術中にはまり、刀を奪われるとは、

「ふッ、ふッ、あの男のことだ。さぞや悔しい想いをしているであろうな……」

竜蔵はその様子を思い浮かべ、からからと笑ったのである。

「いかにもそのようで……。近頃は愛宕下に寄りつかぬと思っておりましたがそんなことがあったようです……」

裕一郎も苦笑いを浮かべた。

「しかし、何ゆえにそのことが明るみになったのでしょうな」

竹中庄太夫が腕組みをした。

中川裕一郎の耳に入るということは、その噂はかなりの勢で広まっているはずだが、立合に負けて差料を奪われたなどと、本人達が触れて回るはずはなかった。

「それが、そ奴めはなかなか芝居がかっておりまして……」

三谷豪太郎の折は、立合の場に三谷豪太郎が倒れているゆえに助けてさしあげるようにと、近くの自身番に投げ文があったという。

明徳禄右衛門と、森山伝之介の折は、それぞれ、神田淡路坂、本所回向院《えこういん》裏で立合ったのであるが、いざ刀を奪って帰る段となって、

「井中剣峰、〇〇殿の差料を頂戴《ちょうだい》いたす！」

と、通行人に聞こえるように相手の名を添えて呼びかけ、闇の中に消えていったという。

「なるほど、名の通った方々だけに、それを聞いた者が誰かに問い合わせればすぐに知れるということですね」

神森新吾は神妙に頷《うなず》いた。

自分の場合は無名の剣士であるゆえによいが、名を上げ始めた三人にとってはさぞかし辛《つら》いであろうと思ったのである。

「君子危うきに近寄らず、でござる。いきなり現れて立合を求めてくるような者と、刀をかけて勝負をするなど慎まねばなりますまい」

庄太夫は、目の前にいる三剣客を諭すように言った。

「まあ、庄さんの言う通りだが、井中剣峰ってのは、田舎者の剣術っていう洒落《しゃれ》だろう。聞いたことのない、そんな名乗りを受ければ、つい相手をしてしまうだろうな」

そう竜蔵に言われると庄太夫も、裕一郎、新吾と共に頷くしかなかった。

「井中剣峰の正体は何だろうな。刀狩なんておもしろいことを考えたものだ。さぞかし、武蔵坊弁慶《むさしぼうべんけい》みてえな豪傑なんだろうなあ……」

竜蔵は興をそそられて、ほろ酔いに少しばかり饒舌《じょうぜつ》になってきた。

「いや、それが、どちらかといえば九郎判官《くろうほうがん》の方だと……」

裕一郎が言った。

「うむ？　牛若丸《うしわかまる》のように身軽で小せえのかい」

「見かけた者の話では……」

森山伝之介の時は、当然のごとく伝之介には供が数人いて、井中の跡を追いかけたそうだが、その身の軽さ、足の速さにたちまちまかれてしまったという。

「そうかい、そんな小せえ野郎がねえ……」

「とはいえ、井中剣峰なる剣客の名が知れるようになれば、挑まれた者は立合を受けぬわけにはいかなくなりましょう」

新吾が思い入れをした。

「新殿の言う通りだな……」

裕一郎も身を乗り出した。

「むしろ、井中剣峰に立合を望まれるのが、身の誉れとなりましょう……。ああ、頭にくる。井中剣峰は、何ゆえにこの中川裕一郎ではのうて、森山伝之介に狙《ねら》いをつけたのか。それを思うと悔しくて仕方がありませんよ」

「まずそう嘆くこともないさ。井中剣峰が狙ったのは皆三十絡みだ。裕さんはちょっとばかり歳《とし》がいっているのさ」

竜蔵が宥《なだ》めた。

「歳がいっている？　いえ、わたしはまだ三十四ですが……」

「そんならこういうことだ。森山伝之介は千石取りの息子だから、きっと好《い》い刀を持っていると思ったのさ」

「ああ、それなら合点がいきます。う〜む、井中剣峰め、所詮《しょせん》は刀目当てか……」

裕一郎は宙を睨むと、小ぶりの茶碗《ちゃわん》に充《み》たされた燗酒《かんざけ》をぐっと飲み干した。

――三十四になっても、未《いま》だに子供のような男だ。

竜蔵は中川裕一郎の無邪気さが心地好くて、手ずから燗のついた鉄銚子の柄を取って、裕一郎に注《つ》いでやりつつ、

「井中剣峰はいつまでこんなことを続けるつもりなんだろうな」

と、まだ見ぬ謎の剣客に思いを馳せた。

井中剣峰というのは偽名であるのは明らかだ。そもそも武士は己が名を世間に響かせてこそのものだ。

何ゆえ、こんなふざけた名を響かせ、己が何者か明かそうとしないのか。

自分のような田舎剣法に後れをとるとは、江戸で名代の剣客も大したことはない――。

庄太夫は、そんな皮肉が込められているのではないかと見た。

竜蔵も庄太夫の見解には頷ける。

そして、そうだとすれば何とおかしみのある奴であろうか。

三谷豪太郎、明徳禄右衛門、森山伝之介――。

立合ったことがあるのは伝之介だけであるが、人の噂や評判を竜蔵なりにまとめてみると、どうもこの三人は〝いけすかない奴〟なのである。

勝手な思い込みかもしれぬゆえ、口には出さねど、剣の本質も求めずに、己が名声に酔っているような気がしてならなかったのだ。

そう考えると、井中の気持ちが何とはなしにわかる。

その上に、小柄で身軽で正体不明ときている。きっと、竜蔵が思いもよらぬ剣を遣うのであろう。

――井中剣峰に会ってみたい。

峡竜蔵の胸の内で、彼独特の物好きの虫が湧《わ》き始めていた。

しかし、そんなことを口にしようものなら、

「先生は剣術一流の範となられるお方でござりまするぞ。得体の知れぬ太刀盗人《ぬすっと》など、相手になさっては、峡道場に傷がつきましょう」

などと庄太夫に叱《しか》られるに決まっている。

「まあ、そのうち誰かに打ち負かされて、二度と出てこなくなろうよ……」

そんな風に惚《とぼ》けてみせたが、我関せずを装う竜蔵は、やたらと鼻に手をやっている。

この日は、男達の剣術談議を遠目に眺めつつ、内弟子の竹中雷太に手伝わせて酒肴を調えていた綾であったが、夫のその様子だけは見逃さなかった。

ただあてもなく、夜道を歩く日がしばらく続くに違いない――。

——出合うことを祈ってさしあげるべきか、出合わぬままに終ることを祈ってさしあげるべきか。

綾は、それでも尚《なお》、剣術師範に納まろうとせぬ峡竜蔵がおかしくて、やはり出合うことを祈ろうと心に決めたのである。

三

寛永寺《かんえいじ》が建つ東叡山《とうえいざん》は、京都の比叡山《ひえいざん》に擬せられたものである。

その麓《ふもと》に水を湛える不忍池《しのばずのいけ》は琵琶湖《びわこ》に擬せられていて、竹生島《ちくぶじま》にあたる中島には同じく弁財天が祀《まつ》られている。

蓮見《はすみ》、月見、雪見……。四季を通じて江戸の庶民が足を運ぶ美しい池端であるが、夜も更けると人通りの少ない寂しいところとなる。

初冬のある夜。池端に立つ松の高木の下に、一人の小男が佇《たたず》んでいた。

そこは、鐘楼堂を下った辺りで、遠く池に突き出た、弁財天の祠《ほこら》がぼんやりと浮かんで見える。

人気はまるでなかった。

身を切るような寒風が吹きすさんでいたが、この小男は身じろぎもせぬ。

着古した小袖に袴姿。

この男こそ件の武士・井中剣峰であった。

今宵は覆面頭巾を被り、筵ではなく棉《めん》で拵《こしら》えた大きな袋を手にしていた。

「今宵で五振りか……」

井中は呟いた。まだ先は長いという溜息《ためいき》が交じっていた。

三谷豪太郎から刀を奪ってから、また一人を倒し、井中は今、五人目の相手を待ち受けている。

獲物は六車洋介《むぐるまようすけ》。

心形刀流《しんぎょうとう》期待の二十九歳の剣士である。

心形刀流は、江戸の俠客・がっぽう八兵衛《はちべえ》の子である伊庭是水軒秀明《いばぜすいけんひであき》が、天和《てんな》二年に開いた。

六車の師は、五代目の軍兵衛秀矩《ぐんべえひでのり》である。

長く御徒《おかち》組頭を務めた旗本で、七十歳になる今も矍鑠《かくしゃく》としている。

心形刀流は、後に八代・軍兵衛秀業《ひでなり》の時に、「練武館」が江戸の四大道場のひとつに数えられるまでになる。

幕末の剣豪・伊庭八郎《はちろう》は、この軍兵衛秀業の子・八郎治秀穎《ひでさと》のことである。

そんな名流にあって、六車洋介は、剣技抜群を謳《うた》われている。

六代を継ぐのは、軍兵衛秀矩の娘婿となった八郎次秀長《ひでなが》に決まったが、三十にもならぬ身で、師の代稽古を務め、大名・旗本諸家で剣術指南を託されている。

どのような間合からでも、体勢を崩すことなく連続技を出せるのが身上で、〝小天《こてん》狗《ぐ》〟の名をほしいままにしていた。

彼もまた、日々修行の身であると、供を連れず単身で出稽古に赴く。

この日も、旗本内藤《ないとう》家の稽古日であった。

内藤家屋敷は五人堀にある。不忍池からはほど近い。

夜の闇の中、井中はぼうっと浮かぶ、提灯の明かりを見た。

それが池端の松の下にいる彼の許《もと》に、近づいてきた。

やがて、五間ばかりのところに迫ってきた時、

「心形刀流・六車洋介殿とお見受けいたしたが……」

井中剣峰は、ゆっくりと前へ出て、武士の前に立ち塞《ふさ》がった。

「おお、これはもしや……」

六車洋介は涼しげな顔を井中に向けた。

六車もさほど背は高くない。中背よりも少し低いくらいである。

それゆえに、小柄で身軽で、気鋭の剣士達を敗っては刀を奪うという剣客の噂を耳にして、一目会ってみたいと思っていたのか、

「井中剣峰殿でござるかな」

と、その名を問うてきた。

「いかにも……」

「山出流の……」

「左様」

「ほう、貴殿がのう……」

六車は落ち着き払って、じろじろと井中を見回した。

——ふッ、見事な老成ぶりだ。

井中は内心むかっ腹を立てた。

六車洋介の立居振舞、話し口調すべてが気に入らなかった。

自分は名流の剣術指南で、お前のようなどこの馬の骨か知れぬような百姓侍とは違うのだ、と言わんばかりの気取りが感じられるのである。

三十にもならぬ男が、

「六車先生……」

などと持ち上げられて、大師範になったかのような錯覚を起こしているようだ。

――そんなおぬしゆえに、差料を奪ってやろうと思ったのだ。

その気持ちが、井中剣峰の闘志を倍増させているのだが、六車洋介には目の前の覆面頭巾の怪人の心中など知る由もない。

「なるほど、今宵は某が提灯を手にしているゆえ、目だけしか見せぬというわけかな」

井中は応えぬ。

「まあ、よい。立合えと申されるのだな。差料をかけて」

「是非にも願いたい」

「貴殿の差料の銘はいかに」

「無銘でござる」

「無銘とは吝《しわ》い。もう何振りも名刀を得たであろうに」

「お、己が差料にするために、刀を頂戴いたすわけではござらぬ……」

井中は興奮すると、口舌が怪しくなる。

「なるほど、勝った証《あかし》ということかな。某の長船《おさふね》を無銘の刀にかけるのはちと気が引けるが、まあ、よろしい……」

六車は、口許《くちもと》を綻《ほころ》ばせ、己が差料を松の木の幹に立てかけ、枝に提灯を引っかけた。

「では、袋竹刀とやらを拝借いたそうか」

そして、余裕の表情で言った。

井中はまた無言で、自らの差料を同じく松の幹に立てかけると、袋から二振りの袋竹刀を取り出し、一振りを六車洋介に差し出した。

六車はそれを受け取ると、二、三度素振りをくれた後、

「貴殿に選ばれたことを好しとするゆえ、立合いもしようが、ひとつ約定を願いたい」

「約定……」

「某が勝てば、刀は要らぬゆえその頭巾をいただこう」

「無銘の刀などいらぬと……」

「あったとて役に立たぬ。頭巾を取り、この先、刀狩はいたさぬと一筆約定願おう」

「しかと、承った……」

井中の声は怒りに震えていた。

何と小癪《こしやく》な奴であろうか。

昨今出没する曲者《くせもの》は、六車洋介が退治て、刀狩をやめさせた——。

そんな自慢を世間に広めたいのであろうか。

無銘の刀が役に立たぬというならば、いっそ真剣で立合って、その役に立たぬ無銘刀で、命を奪ってやろうかと、井中剣峰は気色ばんだのだ。

——いや、それでは辻斬りと同じだ。

井中は、闘志が空回りしないように気を引き締めた。

どうせ叩き伏せるのは自分で、歯噛《はがみ》をするのはこの思い上がった男なのである。

自分のような田舎剣法を認めぬ江戸の剣術師範達も、十人の気鋭の剣客がことごとく後れをとったとなれば、山出流を認めざるをえないであろう。

十人への刀狩。今はその途中であるのだ。

それまでは、ただ黙々と敵を倒し刀を奪うまでのこと——。

「某も武士の端くれでござる。まず負けた折はお指図に従いましょう。しからば……」

井中剣峰は、袋竹刀を構えた。

まずは青眼。

六車洋介も青眼で対峙した。

井中剣峰なる武士は、変幻自在に動くという。

まず様子を見つつ、変幻自在には変幻自在で対戦するしかない。

「真におぬしの技は、動きを見切ることができぬ……」

対した相手に何度その言葉を吐かせてきたであろうか。

六車洋介には、相手の動きに対して、己が体が自然に反応し、動きの中で勝機を見出せる自信がある。

「えいッ！」

六車が前へ出た。

小手を三本立て続けに打つという、六車ならではの攻めに出たのだ。

井中の竹刀がどのように動くか見定めようと思ったのである。

手元を狙えば、井中の袋竹刀はこれをすり上げるか払うか、抜いて面に出るか——。

そのどれに対しても、六車は反応する自信がある。

しかし、暗闇の中、井中は背中に目があるかのように、凄《すさま》じい速さで下がり、六車の打撃をかわしつつ回り込み、さっと袋竹刀を肩に担ぎ、又も得意の百姓が鍬を担いで畦道に屈んでいるかのような体勢となった。

六車は尋常ならぬ身の動きに、

——これが井中剣峰か。

内心ひやりとした。

——だが、この六車は惑わされぬ。

速さには速さでかかればよい。

さすがは六車洋介である。井中が件の体勢になった瞬間、切り返しに左右からの面を打ち込んでいた。

井中はそれをさらに下がってかわすと、

「それッ！」

肩に担いだ袋竹刀を前に突き出した。

しかもその刹那、前へと跳躍している。

「うむ……！」

六車はその間合が摑めず、危うく胸に突きを喰《く》らいそうになった。

しかし、相手の動きに己が体が自然に反応するのが六車の身上。

この突きをぎりぎりのところでかわすと体勢を立て直し、次なる攻めの構えに入った。

——なかなかやる。

井中はニヤリと笑った。

今までで一番歯ごたえのある相手であった。

——それだけに、技を試すことができる。

そうほくそ笑んだかと思うと、井中剣峰の体は宙を舞うように六車へと突進していた。

井中は宙から袋竹刀を薙《な》いだ。

六車はこの一刀を打ち払い、井中の脇《わき》をすり抜けた。

そして、井中の振り返り様を攻めんと素早く振り返ったのだが——。

その時、井中の体は振り返った六車の背後にあった。

宙を舞った井中は、そのまま傍《かたわら》の木を駆け上がるようにして、くるっと後転して六車の後方に着地したのだ。

「な、何を……」

六車は慌てて再び振り返った。

だが、既に冷静に狙いを定めた井中剣峰の袋竹刀の剣先は、見事に六車洋介の腹を突いていた。

「うッ……!」

息が詰まり、六車はその場に倒れた。

——ふッ、お前の驕《おご》りもこれまでよ。

井中の口舌は悪いが、心の内で想うことは、鮮やかに言葉となって駆け巡る。

井中は心を落ち着けながら周囲を見回した。

料理茶屋からの帰りであろうか、酔客らしき男の一行が遠く見えた。

井中は、六車が木の枝に挟みこんで明かりとした提灯を外すと、その場で燃やして、

「心形刀流・六車洋介殿の差料は、山出流・井中剣峰が頂戴仕《つかまつ》った！」

大音声で二度叫び、六車の差料である長船の一刀を袋竹刀と共に袋に放《ほう》り込むと、たちまち姿を消した。

めらめらと燃える提灯の火の向こうに崩れ落ちた六車洋介の姿を見た酔客達は、

「おやおや、いったい何があったのだろうねえ……」

「心形刀流だとか……」

「六車洋介殿だとか……」

口々に言い合いながら、恐る恐る六車の傍へと寄っていった。

この時、井中剣峰は既に池端を北へ、谷中八軒《やなかはちけん》町を目指して足早に去っていた。

だが、この騒ぎを聞きつけて井中の跡をそっとつけている男がいた。

峡竜蔵門下の御用聞き・国分の猿三である。

猿三は、兄弟子でもあり親分でもある、網結の半次から、山出流・井中剣峰の噂を聞いて、

「その強えお人を、この目で見てみてえものだなあ」

お上の御用で見張りや見廻《みまわ》りを務める時は、山出流・井中剣峰らしき人影に気を付けることにしようと話し合った。

何よりも二人の師である峡竜蔵が、いつか出合ってみたいと思っている男であるからだ。

江戸には名だたる剣客は何人もいる。

その中でも、若くて威勢のいい者ばかりを狙うのは、井中の江戸剣術界への挑戦だと思われる。

老師達に認められぬ田舎武士が、その老師達が認めている門人達を倒すことで、剣の実力とは何か世に問いたいのではないか――。

そのために刀狩をするなどとは痛快である。

峡竜蔵は、井中剣峰と出合い、その理由を改めて問うてみたいと思っているはずだ。

また、井中の実力がいかなるものか、身を以《もっ》て知りたいとも、併せて思っているに違いない。

三番弟子で老練の御用聞きの網結の半次には、竜蔵が考えていることが、手に取るようにわかるのだ。

竹中庄太夫も、妻女の綾も、峡竜蔵と井中剣峰との遭遇を喜ばぬかもしれない。

だが半次は、今はまだ刀を奪われた方が恥入って表沙汰《おもてざた》にせぬゆえに、噂話の域を出ないが、この刀狩は放っておくと人間の憎悪が絡んで、とんでもない事件に発展する恐れがあると見ていた。

そして、これを上手《うま》く収められるのは、江戸においては峡竜蔵ただ一人ではないかと思われる。

それゆえに、半次は彼なりに考えた末、師・峡竜蔵の望みを叶《かな》えるべく、動いてみたのである。

御用聞きの中でも腕っこきと言われる半次にとっては、別段、雲を摑むような話でもなかった。

今までの流れからすると、井中剣峰が次に狙いそうな剣客は絞られてくるし、自らも直心影流の剣士でもある半次には、情報は集まり易かった。

そして、このところ目を付けていたのが六車洋介であった。

四人目に刀を奪われたのは、甲源一刀流の祖父《そふ》江某という剣客であったから、一度は当てが外れたが、今度こそはという想いで見守っていた。

聞けばこの日に、五人堀の旗本屋敷で出稽古を務めるとのこと。帰りは夜となり、その通り道は不忍池端である。十分、刀狩はありえる。

それで、国分の猿三をして夜に見廻りをさせ、猿三は、遂に噂に聞いた、刀狩の勝ち名乗りを聞きつけたのであった。

井中剣峰は、わざわざ提灯を燃やして、立合の場を教えてくれたゆえに、跡を追うのは楽であった。

井中が去ったと思われる方向の闇に身を入れ、猿三は気配を消して走った。

井中は闇の中を、凄じい速さで駆けていたが、その速さこそが井中の気配である。

今や、人の跡をつける術においては、十手を与る者の中でも一、二を争う国分の猿三である。一度食らいついたらすっぽんのように離れない。

その間、井中は何度か追跡者を疑って、道端に立ち止まり、辺りを見回したが、猿三はその都度気配を消した。

井中は身軽で俊敏ではあるが、逃げるということにおいては、さほど技を持ち合わせていなかった。

追う敵に油断や恐怖を与えつつ、ふっと姿を消す――。

そんな芸当は出来ぬようだ。

この速さに闇の中、ついてこられる者などいるはずはなかろうとばかりに、東叡山の脇道を猛烈な勢いで北へ抜け、谷中の天王寺《てんのうじ》との間の芋坂《いもざか》を越え、下谷中の百姓地へと出た。

さすがの猿三も、井中の体力には圧倒されたが、それでも正直に道を行くので見失いはしなかった。

――悪い奴ではなさそうだぜ。

猿三は、跡をつけるうちに、小さな怪人に親しみを覚え始めていた。

――よし、しめたぞ。

やがて、田地の間道を抜けた杉の木陰で、猿三は小躍りをした。

井中が一軒の百姓家に入っていくのが見えたのである。

そこは田畑に囲まれた、下日暮里《にっぽり》の正覚寺《しょうかくじ》のすぐ近くで、家にはほんのりと灯《あかり》が点《とも》っていた。

猿三はしばらくその家を見つめていたが、ほどなく家の灯は消え、その後、井中剣峰がそこから出てくることはなかったのである。

四

それから、数日が経った夕暮れ時のことである。

下日暮里の音無川《おとなしがわ》沿の道を、菅笠《すげがさ》を被った一人の百姓男がとぼとぼと歩いていた。

背中に竹籠《たけかご》を背負い、手には竹杖《たけづえ》。

小柄ではあるが百姓仕事によって身についたのであろうか、筋骨は隆々たるもので、足腰はいかにも頑丈でしっかりしているように見えた。

近在の百姓衆とも顔を合わせればにこやかに挨拶《あいさつ》を交わす。

この地に馴染《なじ》んでいる様子を見る限り、地の百姓にしか見えない。

彼と挨拶を交わした者は皆、この男のことを〝鉄二郎《てつじろう》さん〟とか〝鉄さん〟と呼んだ。

鉄二郎は、正覚寺近くの百姓・鶴蔵《つるぞう》の縁者で、鶴蔵とその老妻の野良仕事を手伝いながら、時折町場に出て野菜の行商などもしている。

とはいえ、鶴蔵がここに来たのは、五年前で、それまでは雑司ヶ谷《ぞうしや》で人入れ宿をしていた親方であったのが、古女房とこの地に越してきて、百姓をしながら隠居暮らしを楽しんでいるらしい。

年寄り二人では心細いので鉄二郎が共に暮らしているというのだが鶴蔵とはどのような間柄であるかを、詳しく知る者はいなかった。

噂好きの百姓女房達の中には、

「鉄二郎さんは、ご浪人さんで暮らし向きが大変だからって、鶴蔵さんが呼んであげたみたいだね……」

などと、言い合った。

確かに鉄二郎は時として浪人風体となり、どこかへ出かける。

「武士を捨てたといっても、昔のお仲間と会ったりする時は、袴をはいて、刀を差さないと恰好がつかないんだろうよ」

それが何とも気の毒ではないかと、百姓達は少しばかりおもしろがって、鉄二郎を見ていたのである。

そんな風に、興味津々に見られていることに気付いてはいるのだが、鉄二郎はそれに対しては何も語らずに、ただ目立たぬよう大人しく暮らしてきた。

だが内心では、

――この世はいずこも同じことだ。何か少しでも人と変わったことをする者がいれば、これを異形と見なし、からかってみたり馬鹿にする。

表面上はにこやかに挨拶を交わしているが、近所の百姓達に見え隠れする意地の悪さを感じとって、決して彼らに心を許していなかった。

――まず、そのうちに、おれがただの百姓ではないことを思い知らせてやる。

そんな想いに溢れていたのである。

この鉄二郎の正体は言うまでもなかろう。

対岸の浄光寺《じょうこうじ》が視界から消えた辺りで、一人の武士が向こうからやってきて、鉄二郎に頰笑んだ。

少し張り出した頰骨の周囲には、ふくよかに肉が付き、鍛え抜かれた体付きからほとばしる威圧を、その味わい深い笑顔が好い具合に抑えている。

真におもしろみのある武士である。

「山出流・井中剣峰殿……、とお見受けいたしたが……」

武士は俄に野太い声で言った。

「な、何と……」

鉄二郎は瞠目《どうもく》した。

しかし、武士は有無を言わさず、何ゆえにこの武士は自分の正体を知っているのか――。

「某は、剣火《けんか》流・氏神誅斎《うじがみちゅうさい》と申す者にて……。我が差料、藤原長綱《ふじわらながつな》をかけますゆえ、是非にも、某と立合うていただきたい」

と、迫ったのである。

言い逃れが出来ない勢いに、鉄二郎は観念して、

「いかにも、某は井中剣峰でござるが、御覧のように、生憎今はかける差料を帯びておりませぬ……」

ゆっくりと噛みしめるように言った。

「ならば差料はつけで構わぬ」

「つけで……」

「いかにも。まず、立合うてくだされ」

氏神は、ニヤリと笑って、手にしていた細長い袋から、袋竹刀を二振り取り出して、掲げてみせた。

「いや、立合うのはようござるが……」

鉄二郎はためらった。

剣火流などは聞いたことがなかったし、〝うじがみちゅうさい〟という剣客の名にも聞き覚えがない。

自分が田舎剣法をもじったように、喧嘩の仲裁とでも言いたいのであろうか。考え

るだにおかしな男であるし、どうして自分の正体を知り、ここで捉えたのか。

それが解せぬゆえに、立合うのが気持ちが悪かった。

だが氏神は、そんな鉄二郎の想いはお見通しのようで、

「おぬしの相手をさせられた者も、定めて今のおぬしと同じ想いをしたことでござろうな」

また、ニヤリと笑った。

言われてみればその通りであった。

「なるほど、これは是非もござらぬな……」

鉄二郎は、袋竹刀を受け取った。

言葉をかわすうちに、いつしかこの不思議な武士と立合ってみたくなっていた。

「あれこれと、互いに訊《き》きたい話もござろうが、まずは立合うてからのことといたそう……」

そう言い置くと、氏神誅斎はすたすたと歩き出した。

まるで遊山《ゆさん》にでも行くような足取りである。

鉄二郎は氏神に吸い寄せられるように、正覚寺の裏手へと向かった。

ここには、杉木立に囲まれた、立合うに恰好の広野があるのだが、そこまで調べあ

げている氏神誅斎はただ者ではない。

鉄二郎は氏神を不気味に思いながらも、何やら遊びを共にするようで楽しくなってきた。

「ならば参る……」

広野に入ると、氏神は己が差料を杉の幹に立てかけて、上段に構えを取った。

鉄二郎は、背中の籠を置くと、彼もまた上段に構えた。

初めはどの構えでもよいのである。

そこから相手の動きを見極めて、得意の〝百姓が鍬を担いで屈んでいる構え〟に持ってゆけばよいのだ。

氏神は相手の太刀筋を探ろうとして、

「やあッ！」

とばかりに、上段から面に小手に、上下に打ち分けて前へと出た。

まだ空は明るさを残している。

鉄二郎は難なく素早い動きで後退してこれをかわすと、ついに件の構えを見せた。

氏神はニヤリと笑った。

鉄二郎にはその意がわからなかったが、氏神は、この風変わりな構えは相手に間合を許らせぬ鉄二郎の工夫であり、跳躍をする前の布石と、冷静に見ていたのである。

それゆえ、氏神の笑いは田舎剣法を馬鹿にしたものではなく、

――考えよったな。

という温かみを含んでいる。

氏神は青眼に構え、おもむろに鉄二郎に迫ってきた。一見無防備な前進に見えるが、袋竹刀に真剣の凄みが見えた。

「えいッ！」

その恐怖から逃れんと、鉄二郎は井中剣峰得意の、ぐっと伸びる突きを繰り出した。

だが青眼に構えて迫り来る氏神は、いともた易く鉄二郎の一刀を払った。

「うむッ！」

かくなる上はと、鉄二郎は跳躍して宙から変幻の一打を見舞おうとしたが――。

「それ……！」

氏神はあろうことか、下からひょいと袋竹刀を鉄二郎に投げつけた。

「な、何と……」

袋竹刀は、完全に虚を衝《つ》かれた鉄二郎の内股《うちまた》を強打した。

鉄二郎はその痛みに着地を乱し、体勢を崩してしまった。

気がつけば、鉄二郎に当たって跳《は》ね返った袋竹刀は既に氏神誅斎の手にあり、その剣先が、鉄二郎の喉元《のどもと》に突きつけられていた。

「ま、参りましてござる……」

鉄二郎はがっくりとうなだれた。

だが、不思議と悔しくはなかった。

「まさか、袋竹刀が飛んでくるとは思わなんだかな」

「はい……」

「うむ、相手が皆、行儀の好い武士とは限らぬ。だがこれで藤原長綱を取られずに済んだ。これは親の形見でな」

氏神は、子供のように無邪気な笑顔で、杉の幹に立てかけた差料を腰に差すと、

「まず楽しい立合でござった。さて、この上は互いの正体を明かし、名乗り合おうではないか。井中剣峰、氏神誅斎、そんなふざけた名があってたまるものか。某は、直心影流・峡竜蔵と申す」

一気に名乗った。

「直心影流・峡竜蔵殿……。ま、まさか、団野先生と仕合をなさったという……」

それを聞いて鉄二郎は目を丸くした。

「ほう、あの仕合は内々のことゆえ、あまり外には知られておらぬと思うていたが、さすがに詳しいな……」

竜蔵は自分の名を井中剣峰が知っていたことを、素直に喜んで照れ笑いを浮かべた。

「は、峡先生ほどのお方が、某を探し出し、お訪ねくださるとは、何と申し上げてよいやら」

峡竜蔵が、自分の評判を聞きつけ、何とかして会ってみたいと思ってくれていたのは、目の前の竜蔵の様子を見れば明らかであった。

そして、百姓姿の自分と立合い、その後は十年来の知己のように声をかけてくれる態度にすっかりと毒気を抜かれてしまった。

「いやいや、おぬしがいつまでたっても某の刀を奪《と》りにきてくれぬゆえ、寂しゅうなったというわけだ」

「とんでもない……。わたしは、そ、その、分に合うた相手としか、その……」

「うむ、わかる。おぬしの言いたいことはよくわかる。さのみ剣の神髄を追い求めたとも言えぬ未熟者が、世におだてられ、己が名声に酔う……。そんな世を憂い、不埒な若造を思い知らせてやりたい……」

「は、はい。僭越《せんえつ》ではございまするが……」

「ならば、おぬしの相手に選ばれなんだは、好しとせねばならぬな」

「あ、いや、好い悪いも、峡先生におかれましては……」

「からこうているのではない。心底そう思うているのでござるよ」

「忝うござりまする……。も、申し遅れました。某は野田《のだ》鉄二郎と申します……」

「野田鉄二郎殿とな。ならば野田殿、おぬしに会いにきたのには三つ理由がある。まず、強いと評判の剣と立合うてみたかった。次に何やら気が合いそうなゆえ、あれこれ話をしてみたかった。もうひとつは、そこもとの身を案じてのことだ……」

「畏れ入りまする……」

　鉄二郎の表情は晴れ晴れとしてきた。

「それでは、ま、まず、その、某が身を寄せております家に、お越しくださりませ。そこで、つけをお払いします」

「それはありがたいが、つけはもうよかろう。そんなものを持ち歩いて、井中剣峰に間違えられては堪ったものではないゆえにな。そのかわり、一杯飲ませてもらいたい。ははは……」

　豪快に笑う竜蔵に、すっかりと心を奪われ、

「畏《かしこ》まりました！」

鉄二郎もまた素朴な笑みを見せた。

五

「これはこれは、こんなむさ苦しいところによくぞおいでくださいました……」

鶴蔵とその古女房は、峡竜蔵を歓迎してくれた。

「お口に合うかはしれませんが、百姓の家でございますから、食べる物はたんとございますんで……」

かつては人入れ稼業をしていたというだけあって、鶴蔵の物言いは歯切れがよく、人となりがくだけた竜蔵を一目で気に入って、夫婦して甲斐甲斐《かいがい》しくもてなした。

いろりにかけられた大鍋《おおなべ》には、大根、里芋、焼き豆腐、葱《ねぎ》が、醬油《しょうゆ》と酒で味付けられた出汁《だし》の中で煮えたっていて、

「ちょいと、鍋が頼りねえようですから、活を入れさせていただきます……」

鶴蔵はそこへ、いい具合に手に入ったのだという鴨《かも》の切り身を放り込んだ。

その様子をうっとりと見て、

「ああ、鉄さん、お前に会えてよかったぜ……」

既に香の物で一杯始めていた竜蔵は、もう友達のような物言いをして、鉄二郎を感

激させたものだ。

　鶴蔵夫婦も涙ぐんでいた。

　この夫婦が鉄二郎とどういう関《かか》わりがあるのかはこれからわかるのであろうが、鉄二郎と連れだって帰ってくるや、

「いやいや、某は鉄二郎殿の剣友でござってな！」

と、満面に笑みを浮かべ、今はすっかり寛いでいる峡竜蔵を見て、夫婦は何やらほっとして、嬉《うれ》しくなったのであろう。

　鴨によって活の入った汁は、野菜の甘みと相俟《あいま》って絶妙の味であった。とろりと浮かんだ鴨の脂が体を温め、実に幸せな気分にしてくれる。

　他愛もない話をしつつ、二、三椀《わん》食べると、鶴蔵夫婦は気を利かせて居間から下がり、鉄二郎は竜蔵の正面で威儀を改めた。

「わたしが何ゆえ、井中剣峰に身をやつしたか。ここまでのお話をいたさねばなりませぬな……」

「うむ、訊きたい。だが、改まらずとも、酒の肴《さかな》でよいではないか……」

「はい。では、ゆるゆると……」

野田鉄二郎は、上野国《こうずけ》奥利根《おくとね》の大百姓藤井《ふじい》家の使用人であった。貧しい小作の子で、二親を亡くしてから拾われたのである。

この家の二男が藤井左門《さもん》といって、後に鉄二郎の剣の師となる。

左門は子供の頃から剣術好きで、奥利根で道場を構えていた楳本法神《うめもとほうしん》に弟子入りをした。

法神は、三千人以上の門弟を持つ、法神流の剣豪である。

藤井左門は師の教えに己が工夫を加え、めきめきと腕を上げ、法神の高弟と立合っても後れを取らぬまでになった。

しかし、法神は左門の剣を認めなかった。

「そなたの剣は仕合に勝てるかもしれぬが、剣に奥行きが見えぬ」

いつもそう切り捨てた。

若き左門はこれに反発して、ある日のこと、

「ならばその奥行きを見定めるために、廻国《かいこく》修行に出とうございます」

と、申し出た。

意外や法神はこれをあっさりと許し、

「どこまでも己が剣を試してみたいと思うなら、一流を立てる覚悟で行って参れ。だ

が、道はなかなかに厳しいぞ」

と、言い添えた。

左門は勇躍旅に出た。

生家は左門の廻国修行に猛反対をしたが、左門に押し切られ、幾ばくかの金子と、供に鉄二郎を付けた。

左門は鉄二郎を弟のようにかわいがっていたし、鉄二郎もまた、日頃から左門を慕っていたから、喜んで供を務めたのである。

鉄二郎にとって、左門の供をしての旅は楽しかった。

左門は合間に剣術を教えてくれたし、

「お前は供の小者《こもの》ではない。わたしの門人だ」

と言って、野田鉄二郎として剣客の弟子としての体裁を調えてくれたから尚《なお》さらであった。

しかし、左門はすぐに、

「道はなかなかに厳しいぞ……」

という師の言葉を思い知らされることになる。

立合での連戦連勝に気を好くして、いよいよ江戸へ入ったものの、

「おぬしの剣は、ただ仕合に勝てばよいという邪剣じゃ」

名流の師範達は口を揃《そろ》えてそう言った。

——仕合は勝ってこそのものではないか。

真剣での立合となれば、負けは死を意味するのである。

納得がいかず教えを請うと、

「間合を読まれぬよう、おかしな構えをしてみたり、跳びはねたり……。そのような剣は伸びぬ」

やはり師範達は同じ叱責《しっせき》をして、立合においては、たやすく左門を叩き伏せた。

つまり、それなりの強さを誇ったとて、相手がある水準を超えた剣客であると、左門の剣は通用しないのだ。

——いや、自分の想いは間違うてはおらぬ。先生方に敵《かな》わぬのは、まだ己が剣を大成できておらぬゆえのことだ。

それでも左門は、己が未熟をそのように捉え、太刀筋を改めようとはせず、邪剣と言われた剣に磨きをかけようとした。

すると、藤井左門を相手にする剣術道場はたちまちなくなっていった。

「楳本法神先生の門人と聞いたゆえに相手をしたが、おかしな法神流もあったものだ」

「おぬしの剣術に付き合うていては、こちらの太刀筋が悪うなる」

「所詮《しょせん》は田舎剣法……。修行をし直してくるがよかろう」

などと門前払いを喰わされたのである。

ひどい時は、以前仕合に負けた腹いせに、道場の外で大勢に闇打ちをかけられたこともあった。

藤井左門は屈辱にまみれて、

「これも己が剣が拙《つたな》いからだ」

と、再び江戸を離れた。

「我が剣を田舎剣法と言うならば、その田舎剣法の前にことごとく跪《ひざまず》かせてやる……」

そしてその想いを胸に、〝山出流〟を名乗り、稽古に明け暮れた。

しかし、江戸を離れたとて稽古相手はなかなか見つからず、主に鉄二郎がそれを務めた。

旅の間に、野田鉄二郎の剣の腕は恐るべき成長を遂げていたのである。

山出流の師弟はこうして旅を続けたが、藤井左門は志半ばにして病にかかり客死した。

まだ三十二歳の若さであった。

鉄二郎は悲嘆にくれた。かくなる上は何としても、師の無念を晴らさねばならない――。

小作の倅《せがれ》に武士の姿をさせて、剣術まで教えてくれた左門は、鉄二郎にとっては肉親以上の存在であった。

とはいえ、山出流を継承してこその恩返しである。この剣法をもって江戸の名流の門人の中で、竹刀稽古に思い上がった剣士を叩き一泡吹かせてやらねばなるまい。

そして山出流を大成するには自分で稽古を積むしかない。

鉄二郎は、左門の遺骨、遺品を藤井家に届けた後、また一人旅に出て方々の博徒を訪ね歩いた。そこにいる用心棒達に仕合を申し込み、師と共に編み出した技を試し、その礼に用心棒を手伝ったりもした。

そして、旅暮らしの中で武者修行の剣客を見つけると、袋竹刀での稽古を望んだ。

そんな暮らしを三年続け、二十九歳となった今年、時節は訪れたと、いよいよ江戸へと入ったのである。

江戸には鶴蔵という藤井左門の贔屓《ひいき》がいた。

人入れ稼業をしていた鶴蔵は、仕事の上での行き違いから恨みを買い、破落戸《ごろつき》の襲撃を受けたことがあった。

それを通りすがりに左門と鉄二郎が助けたことから交誼《こうぎ》が始まり、下日暮里で百姓を始めた鶴蔵は、鉄二郎の話から左門の無念を知り井中剣峰の刀狩に合力を始めたのであった。

十人の剣士を倒し、十振りの刀を奪い、やがて山出流・野田鉄二郎を名乗り、その刀をまとめていずれかに晒《さら》して、師・藤井左門が受けた屈辱を晴らす――。

その間は、百姓に戻り身を隠していようと鉄二郎は考えたのである。

「なるほど、おぬしの気持ちはよくわかる……」

竜蔵は話を聞いて、しんみりとして頷いた。

「おれが同じ境遇にいても、おぬしと同じことをしただろうよ」

その言葉を聞いて鉄二郎は、ぐっと奥歯を嚙みしめながら、堪えきれずに落涙した。

長い間の孤独な戦いが、何やら報われた気がしたのである。

「それに、稽古相手を見つけようと、博奕打《ばくちう》ちを訪ね歩いたってえのもおもしれえ。気に入ったぜ」

「真に、そう思ってくださいますか……」

鉄二郎は身を乗り出した。

「ああ、おれもな、随分と剣術に励んだが、いざ刀を抜いての斬り合いとなった時は、若い頃の喧嘩で身についた勘が役に立ったもんだ。さっきの立合も、おもしれえ剣を遣う鉄さんに勝つにはこれしかねえと、咄嗟《とっさ》に袋竹刀を投げつけたのさ」

「なるほど……。あれはわたしも不意を衝かれました……」

「だがな鉄さん、もう世の中を恨むような真似はおやめ」

竜蔵は慈愛に充ちた目を向けつつ、鉄二郎を諭した。

「峡先生、わたしは間違っておりますか……」

「間違っているね。いつか血で血を洗う争いになりかねぬ」

「左様でござりますか……」

「おぬしの忠義を、泉下の藤井左門殿は、きっと喜んでおられよう。だが、もう十分だと思うておいでだよ」

「わたしにはよくわかりませぬ……」

「おれはこのように思うのさ。もし、藤井左門殿が今でも御存命ならば、修行のさ中に今一度、楳本法神先生に鍛え直してもらおうと、おぬしを連れて上州へ戻ったのではなかったかと、な」

その言葉を聞いて、鉄二郎は低く唸《うな》った。

「心当たりはなかったかい」

「心当たりというほどではございませぬが、お亡くなりになる少し前に、何度か楳本先生の思い出を語っておられました」

「そうか……。きっと帰るに帰られず、悩んでおられたのだろうよ。若い頃は血の気が多い。おれはこんなに強えのにどうして爺《じい》さん達は認めてくれねえんだ……。剣の奥行きだとか、剣の神髄だとか、わけのわからねえことを吐《ぬ》かすんじゃあねえや……。そんなことばかりを考えてしまう。だがな、奇をてらって勝ったからって、そいつは本当の強さじゃあねえってことが、歳を取る毎《ごと》にわかってくる。一本筋の通ったしっかりとした剣が、体の内に性根となって収まっていねえと、本物の剣客にはなれねえのさ。鉄さんの先生はそのことに気付き始めていたんじゃあねえのかなあ」

竜蔵は、噛んで含めるように話すと、にこりと笑って、また美味《うま》そうに鴨の入った汁を口にした。

鉄二郎は棒で頭を殴られたような面持ちとなり、しばし俯《うつむ》いていたが、やがて深く感じ入り、竜蔵の前に手を突いて、

「先生、ありがたいお教えを真にありがとうございました。わたしは、師の無念を想う余りに、師の名を汚していたかもしれませぬ……」

と、言うや慟哭《どうこく》した。

ただ一人で、恩ある人の無念を晴らそうとここまできたが、所詮はしっかりとした剣術稽古もこなしていない百姓の倅であった。

復讐《ふくしゅう》の想いに凝り固った剣で、十振りの刀を奪ったとしても、それはただの物盗《ものと》りに過ぎなかったのかもしれなかった。

あらゆる呪縛《じゅばく》から解き放たれた安堵《あんど》が野田鉄二郎を男泣きに泣かせたのである。

「まあ、そう深く考えることもねえさ。名だたる剣客を五人まで打ち倒したんだ。よく励んだもんだ。鉄さんは偉えよ。これからは肩の力を抜いて、もう少し楽しい暮しを送るがいいや。なあ、おやじ殿……」

竜蔵は、隣の座敷で心配そうに見守っていた鶴蔵夫婦に明るい声をかけた。

「へい、鉄二郎さんには、そうしてもらいてえものでございます。いやそれにしても、鉄二郎さんは好いお方に巡り合いなすったものだねえ……」

鶴蔵は、目を細めながらしみじみとして頷いた。

どこからか、犬の遠吠えが聞こえてきた。

六

次の日から、野田鉄二郎は奪った五振りの刀を返しに廻《まわ》った。

各々の剣術道場に剣士達を訪ね、己が非礼を詫《わ》びた上で、藤井左門との経緯を語り、忠義を果さんとする余りに、大きな心得違いをしたと反省を述べたのである。

三谷豪太郎、明徳禄右衛門、六車洋介……。

剣士達は一様に、己が不覚によって立合に負けたのであるから、騒げば恥と心得て鉄二郎の謝罪を素直に受けた。

彼らは今度の一件で、それぞれ師から、日頃の思い上がりを指摘されていたから尚さら殊勝に受け止めたのである。

さらに、鉄二郎が何故刀狩をせんとしたかについて聞くと、剣の道に暮らす者ならば身につまされる想いがして、鉄二郎の苦労を労《ねぎら》わずにはいられなかった。

鉄二郎の来訪を知り、彼の謝罪に立会った師範や師範代は、ほとんどがかつて藤井左門と立合い苦言を呈した者達で、もう少し気をつけてやればよかったと、その早過ぎる死を悼んだのであった。

鉄二郎は一振り刀を返す度に、純朴な百姓の表情に戻っていった。

何よりも嬉しかったのは、どの道場でも、鉄二郎の剣の才を惜しみ、改めて剣術を習うならいつでも訪ねてくるようにと言ってもらえたことであった。

そして、これが五人でよかったと痛感していた。

思えばもしも十振りを集めたとして、いったい自分はそれをどのように処理していたのだろう。

いずれかの高札場にでも刀を並べて、名流の剣士を嘲笑ってやるつもりだったのか。

とにかく十振り集めてやろうと、後先考えずに剣士達を狙う段取りに取り憑《つ》かれていた自分を思い返すだに恐ろしい。

よくぞ峡竜蔵に出合えたものだと、今は竜蔵にひたすら感謝の念を抱いていた。

刀を返して廻る段取りも、竜蔵が親身になって考えてくれた。それゆえにすんなりと進んだのである。

「だが、ひとつだけ、厄介なのは森山伝之介だ……。奴は今長沼道場から一人立ちをして、己が屋敷の武芸場の主に納まっている。旗本屋敷に一人で訪ねていくのもなかなかに大変だ……」

さらにその忠告も与えてくれたのである。

今はそれなりに自覚が出ているものと思われるが、森山伝之介は千石取りの旗本の息子であるゆえ気位が高く、負けず嫌いで気性が激しい。

近々、部屋住みの身から書院番組頭を継ぐことになっており、そんな時期に刀狩にあったので気が立っているやも知れぬと言うのだ。

「嬲《なぶ》り殺しに遭ったとて、いたしかたございませぬ」

それゆえ、森山家を謝罪行脚の最後にしたいと鉄二郎は決意を固めたのだが、

「屋敷内が忙しい時に行けばいいさ。鉄さんの相手をしてられねえような日にな」

竜蔵はそう言って、森山家に来客の多い日を調べて教えてくれたのである。

すっかりと冬の寒さとなった当日。

「無事に刀を返してきたら、ここで百姓に戻ります……」

鉄二郎は鶴蔵夫婦にそう告げて森山邸へと向かった。

鉄二郎を我が子のように思ってきた鶴蔵夫婦のそれが願いであったのだ。

森山家は浅草三筋町の屋敷街にあった。

千石取りともなれば敷地は七百坪で、長屋門も立派なものであった。案内を請うや、

「何用でござる……」

袴ははいているが、いかにも百姓に毛の生えたような鉄二郎の形《なり》を見て、門番は威丈高に言った。

「そ、某は野田鉄二郎と申す者にて……」

次第を述べるうちに門番の顔色は変わり、慌てて内へと取次ぎに入った。

すぐに若い武士が数人やってきて、鉄二郎を屋敷内の武芸場へと案内した。

殺伐とした気配はなかったが、一様に口数は少なかった。

様子を見るに、武士達は森山家の家来に加えて、森山伝之介に剣を習う門人のようであった。

武芸場は玄関の右手、母屋と中長屋の間にあった。

森山伝之介は見所にいた。

稽古場の広さは二十坪ばかり。さのみ広くはないが、自前の武芸場としては立派なものである。

「あの折は、暗うてよう見えなんだが、井中剣峰殿とは、おぬしであったか」

伝之介は食い入るような目を向けてきたが、話しぶりは穏やかであった。

鉄二郎は、伝之介の差料を差し出して、

「あの折の御無礼の段、何卒《なにとぞ》お許しくださりませい……」

見所の前の板間に平伏した。

「ほう、許しを請うと申すか」

「はい、大きな考え違いをしておりました」

鉄二郎は、これまでと同じく、藤井左門との経緯を語り、師の無念を晴らさんとする想いが、刀狩などという大それたことへと繋がったのだと詫びた。

「森山様にお声をかけたのは、貴方様の剣名高きことを聞き及んだゆえのこと。何卒御了見なされてくださりませ」

伝之介は虚空を睨みながら、まるで無表情でじっと鉄二郎の話を聞いていたが、

「某の剣名を聞きつけて立合を申し込んできたと言われれば悪い気はせぬ。おぬしを侮り後れを取ったのは某の油断でもある。また、世にはかくもけたいな剣があることをおぬしは教えてくれた。これに遺恨はない……」

やがて、静かに応えた。

「まず御了見くださり、真に忝うござりまする」

鉄二郎はほっと一息ついて、改めて平伏をした。気位が高く気性が激しいと聞かされていただけに、さすがは旗本の総領だと安堵したのだ。

「だが、今日はせっかく訪ねてくれたのだ、もう一度あの井中剣峰の技を見せてもらいたい……」

「いえ、今となりましてはお恥ずかしき剣法……。何卒、お許しのほどを……」

「是非にも願いたい。あの夜、某はおぬしの申し出を受けたのだ。嫌とは言わせぬぞ」

「いや、しかし……」

「おぬしの剣は、道場稽古では味わえぬ凄じいものだ。いざ真剣で立合うた時、どれだけ役立つか、もう一度この目で確かめたい。さあ、袋竹刀ならこれにある。立合うてもらおうか」

伝之介は有無を言わさぬ勢いで、門人に袋竹刀を持ってこさせて鉄二郎に手渡すと、

「さあ、立合え！」

稽古場へ出て、自らも構えた。

「是非にもございませぬか……」

鉄二郎も構えた。

森山伝之介の気性は変わっていなかった。

先般、井中剣峰なる剣客と夜に立合い、空中からの攻めに思わず不覚をとってしまった。

奪われた刀は二代和泉守国貞《いずみのかみくにさだ》。業物を失った悲哀もさることながら、まるで案山子《かかし》が袋竹刀を持っているかのような相手に後れをとったことが腹だたしくてならなかっ

た。

　さらに、噂を聞きつけた父・伊織《いおり》からは、思い上がりが慢心を生んだのだときつく叱られた。

　そのうちに草の根分けても捜し出し、意趣返しをしてやろうと思っていただけに、今日の鉄二郎の訪問は、正に〝飛んで火にいる夏の虫〟であったのだ。

「えぇいッ！」

　伝之介は烈帛《れっぱく》の気合を発して左右に面を打ち込んだ。

　鉄二郎はまずこれをかわして後ろへ下がる。

　ところが、後方に控えていた伝之介の門人がいきなりそこへ打ち込んできた。

　鉄二郎は、ほとんど動物の本能でこれを危うくかわしたが、さらに横合からも一人が打ち込んできて、鉄二郎の右肩をしたたかに打った。

「な、何をなさりまする。ひ、卑怯《ひきよう》な……」

　鉄二郎は痛みに堪えながら詰《なじ》った。

「卑怯……？　山出流には似合わぬ言葉よの。いざ戦の折には、相手が一人とは限るまい。その折にいかに戦うか。それを見せい！」

　たちまち鉄二郎の周りを伝之介とその門人達が囲んだ。

稽古に託《かこつ》けて、森山伝之介は憎き田舎剣法の主をずたずたにしてやりたかったのである。

旗本屋敷内のことである。相手はたかが百姓上がりの俄剣士。たとい死んだとて構わぬ。

一度火がつくと、伝之介の怒りは凄じいものとなるのだ。

見渡せば敵は十人からいる。これほどの敵と立合ったことなど無い鉄二郎であった。

――これも身から出た錆《さび》か。

生きてこの屋敷から出られぬやもしれぬと覚悟しつつ、ならば何人かでも道連れにしてやるとの想いを胸に、鉄二郎はいきなり床を転がり、肩を打った門人の腹に仕返しの突きを入れた。

その時であった。

「いや、これはまたおもしろい稽古をしておいでじゃのう」

武芸場に突如現れた剣客風の男が感心しながら見所に立った。

森山伝之介も、野田鉄二郎も、はっとして動きを止めた。

剣客風の男は峡竜蔵であった。

さらに、竜蔵の傍には森山家の当主で、書院番頭を務める伝之介の父・伊織がいた。

竜蔵が、鉄二郎にこの日を選ぶべしと告げたのは、伊織が非番で確実に屋敷にいるのが知れた日であったからである。

竜蔵はこんなこともあろうかと、予め大目付・佐原信濃守を通じて伊織に、森山家の武芸場を見せて頂きたいとの願いを入れておいたのだ。

伊織は、息子の伝之介と同じ直心影流にあって、近頃剣技抜群との評判を聞く峡竜蔵の来訪を喜んだ。ましてや、大目付である信濃守からの話となれば尚さらである。

「伝之介殿、久しゅうござるな。どれ、じっくり拝見仕りましょうぞ」

竜蔵は、にこやかに伝之介を見たが、その目は笑っていなかった。

伝之介が殊勝な態度を見せれば、そっと眺めて帰るつもりであったが、心配していた通りの展開に、竜蔵は心の内で怒っていた。

伝之介は峡竜蔵の恐ろしさを身をもって知っている。それが、これもまた恐ろしい父と談笑しながら入ってきたので、怒りの源泉が一気に涸《か》れてしまった。

「ああ、いや、今はこちらの野田殿に、いざという時の技を習うておりましたが、いや、お見事でござった……」

伝之介は、苦し紛れに野田鉄二郎に会釈をしてみせた。

「確かに見事でござったな。して、今の稽古はこれまでかな」

竜蔵はそ知らぬ顔で伝之介に問うた。

「はい、これよりはいつもの打ち込み稽古を……。皆、何をしている！　面、籠手《こて》をつけて並ばぬか！」

伝之介はあたふたとして門人を叱りつけた。

「それは楽しみでござる。ならば野田殿とやら、共に拝見仕ろう」

竜蔵は、鉄二郎を見所の隅へ呼んで、伊織には、

「真に好い稽古場でござりまするな。伝之介殿の指南ぶりも一段とよろしゅうござります」

などとおだてておいて、伊織を上座へ座らせると、自分は隅で鉄二郎と並んでしばし稽古を眺めた。

竜蔵は鉄二郎にニヤリと笑いつつ、

「体は無事か……」

「はい、ひとつ打たれたくらい何でもござりませぬ。いや、しかし先生……」

「なに、おれはあの伝之介が前から気にくわねえんだ。時に首に鈴をつけておかねえと、直心影流の恥になる。ふッ、あの野郎、稽古しながら気が気でねえだろうな……」

などと小声で話していたのである。

「だがこうして稽古を見ていると、剣術もいいものだろう」

「はい……」

「百姓仕事の合間に、三田二丁目のおれの稽古場にくるがいいや。剣術ってえものは一生ものだからな……」

「はい、き、きっとお伺いいたします……」

それからしばし鉄二郎は黙った。

言葉を発すれば涙がこぼれるからであろう。

竜蔵は笑いを嚙み殺しながら、いつになく張り切って稽古に励む、森山伝之介の姿を眺めていた。

七

翌朝。

峡竜蔵は三田二丁目の己が道場の見所にいた。

今はまだ早い時分で、稽古場には幼い鹿之助しかいない。

「鹿之助、型をしてみろ」

竜蔵は、竹中庄太夫、神森新吾、竹中雷太に鹿之助の型を見てやるよう頼んでいたが、時折、自分の目でこうして確かめるのだ。

「はい!」

鹿之助はこの瞬間が緊張するらしくて、いつもの暴れん坊ぶりを押し殺して律々《りり》しい佇いとなる。

型は、竜蔵の師・藤川弥司郎右衛門から教わったものと、竜蔵が新たに考案したものの中から、幼い鹿之助用に抜粋した数本である。

——なるほど、鹿之助なりによく学んでいる。

庄太夫、新吾、雷太それぞれの剣風が、まだ見よう見まねで小振りの木太刀を揮《ふる》う鹿之助の型から見えてくる。

——真似るのは上手なようだが、真似るところが違っている。

一通り見終ると、竜蔵は鹿之助を呼んで、その意を伝えようとした。

鹿之助は見所の前に神妙に座って、上目遣いに父であり師である竜蔵を見上げている。

竜蔵は鹿之助をじっと見て、わかり易い言葉を探したが、ふと思い直して、

「鹿之助、よく習ったな。この後も励むがよいぞ……」

それだけを告げて、稽古場から下げた。

今は細々としたことは言わずにおこうと思ったのである。

まず真似るのがうまいのだ。好いも悪いも真似るうちに、何が好くて何が悪いかに自ずと気付いていくだろう。また、真似ることは芸を身につける上でとても大事なのだ。

そういえば父の虎蔵は竜蔵に細かいことは一切教えなかった気がする。

「下手くそが！」

「十年早えや」

「まあ、励みな……」

ただそんな言葉しかかけてくれなかったような――。

――おれの倅だ。おれを見ているうちに、おれくれえにはなるだろう。あとは奴の心得次第だ。

などと達観していたのだろうか。であったとすれば、父親として大した境地ではないかと、つくづく思われる。

竜蔵はしばし見所で頭を捻った。

「どうかなさいましたか……」

庄太夫が稽古場に現れて、見所の隅から声をかけた。

「いや、人を教えるってえのはほんに難しいことだと、な」

「さてそれは、学ぶよりも難しいでしょうねえ」

「この前庄さんに話した、野田鉄二郎の師匠の藤井左門だが……」

「はい……」

「椋本法神先生も、弟子の剣が気に入らぬのなら、とことん教えてやりゃあよかったものを……、話を聞いた時はそう思ったが、よくよく考えてみれば、一旦自分の手から離した方が、己が間違いを早く知るだろうと判断なされた……。今、ふっとそう思われてな」

「そうだとすれば藤井左門殿は思いもかけず早死にをして……。さぞや椋本先生はお嘆きのことでしょうね」

「ああ、いかばかりのことか。世の中はうまくいかねえものだな……」

「しかし、それによって野田鉄二郎という遣い手が思いもかけず生まれたではありませんか」

「うむ、そうだな、それは確かだ」

「下日暮里で百姓をするそうですが、そのままにしておくのはもったいのうございますな」

「ああ、おれもそう思っている」

「野田鉄二郎が先生からしっかりと剣を学べばおもしろいことになるのでは……」

「さてそれはどうかな」

「きっとおもしろいことになりましょう。人を教えるというのは、楽しみもまた多うございますな」

「ふふふ、近頃、やっとそうも思えるようになってきたよ。あれこれ悩みは尽きぬがな……」

時が過ぎるのに待てしばしはない。

剣術師範として悩める竜蔵を見守るように、叱りつけるように、この年もまた、暮れようとしていた――。

時代小説文庫
お 13-13

師《し》弟《てい》 新《しん》・剣《けん》客《かく》太《たい》平《へい》記《き》㊁

著者 岡《おか》本《もと》さとる

2015年 7月18日 第一刷発行
2015年 8月28日 第二刷発行

発行者 角川春樹

発行所 株式会社 角川春樹事務所
〒102-0074 東京都千代田区九段南2-1-30 イタリア文化会館

電話 03(3263)5247［編集］ 03(3263)5881［営業］

印刷・製本 中央精版印刷株式会社

フォーマット・デザイン＆シンボルマーク 芦澤泰偉

ISBN978-4-7584-3918-3 C0193

http://www.kadokawaharuki.co.jp/［営業］
fanmail@kadokawaharuki.co.jp［編集］ ご意見・ご感想をお寄せください。